聞いて学ぼう！

ニュースの日本語3

快樂聽學新聞日語3

日本語でニュースを聞いて
日本の「今」を知る!!

附MP3 CD

須永賢一 著
林彥伶 譯

鴻儒堂出版社發行

はじめに

ニュース（ＮＥＷＳ）とは文字通り、新しい出来事。しかも、自分の生活圏外の事柄が大部分である上に、ニュース独特の表現もあり、話し方も抑揚の少ない単調な話し方なので、一般の会話や物語とは違い、内容の推測や予測は簡単ではありません。聞く力そのものが要求されます。分野毎の用語、人名や地名、何よりもニュース表現に聞き慣れる必要があります。

本書では幅広い話題やニュースを取り上げています。先ずは、目次から関心を持てそうな項目を選んで下さい。その内容を想像してから、音声だけを聞いてみましょう。最初はぜんぜん分からないかもしれません。でも、何度か聞いて、一つでも二つでも耳に残る表現やフレーズが出てきたら初めて文を読んで、そうした言葉の意味をしっかり確認する。これを繰り返してみましょう。

加えて、自分でも声に出して読んでみること。特に、気になった表現、全然分からなかったフレーズなどを何度も音読し、自分のものにするのです。

更に、音声を聞きながら内容をパソコンなどでそのまま文字にしてみましょう。何度も聞き直しながら、本を見ずに最後まで書き出すのです。きっと大きな効果を感じられるはずです。

こうしたニュース練習を通して、会話内容も濃くなり、自分から話題を出すことも楽になります。ニュースを敬遠するのでなく、ぜひ積極的に活用してみて下さい。新たな日本語のステップに上れるに違いありません。

著者

序

新聞（NEWS）顧名思義，即最新發生的事。不僅大部份都是自己生活圈外的事，並且有其獨特的表達方式，以平淡單調的方式敘述，與一般的會話及故事不同，無法輕易地推測其內容，相當要求聽力。各類用語、人名及地名，習慣於聽新聞表達比什麼都重要。

本書收錄了廣幅的話題與新聞。讀者們首先可從目錄中挑選感興趣的標題，想像其中的內容再聽CD。或許一開始會完全聽不懂，但在幾次的聽取下，對其中的表達及單詞有印象後，再對照文章，用心確認它們的意思。如此反覆。

另外，自己也試著覆誦，特別是在意的表達方式、還是完全沒接觸過的單字，在經過多次的唸誦後，才能成爲自己的東西。

更可以嚐試不看書，反覆重聽，邊聽邊將內容用電腦等全部打字出來，一定能感受到更大的學習效果。

透過這些新聞的練習，可以讓會話內容更深入，自己也更容易引出話題。不要迴避，積極地活用新聞，一定能讓您的日語能力踏上一個新階段。

著者

本書の使い方

1．まず、ニュース本編の後ろのページ（偶数ページ）下側にある

用語をチェックしましょう。
少し難易度の高い単語や言い回し、新しい用語などが説明してあります。

2．次に、ニュース本編を聞いてみましょう。
全部の内容がわからなくてもかまいません。まずは何に関するニュースなのか、およその内容がつかめればOKです。

3．後ろのページ（偶数ページ）の中国語訳を読んで、ニュースの内

容を理解しましょう。

4．もう一度、ニュース本編を聞いてみましょう。

5．次に、表のページ（奇数ページ）にある、日本語のニュース記事

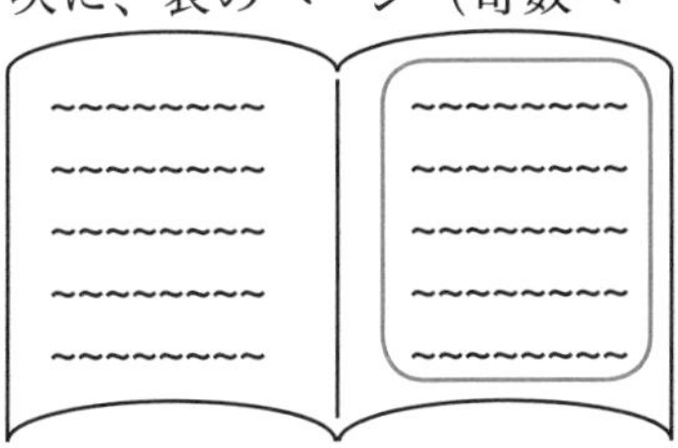

の内容を読みます。
どの部分が聞き取れなかったのか確認しましょう。

6．最後にもう一度、ニュース本編を聞きましょう。

目　次

ジャンル1

社　会

台湾の学生による立法院占拠が終結

MP3 003

中国とのサービス貿易協定①取り決めへの台湾政府の姿勢に抗議し、学生たちが3月18日から立法院を占拠し続けていたが、立法院院長から監督機能の法制度化という約束を②取り付け、4月10日立法院から退去、院外での数十万人規模にまで③膨れ上がった一般の人々による抗議集会と共に、一連の抗議運動は④収束した。今回、立法院占拠に至った直接のきっかけは、馬英九総統の秘密主義的交渉姿勢と強行採決姿勢への抗議であったが、協定は台湾側に深刻な不利益をもたらすと協定締結自体に反対する声も大きい。

今回の件は、日本にとって対岸の火事ではない。日本が直面する米国との⑤TPP（環太平洋パートナーシップ協定）交渉にも同じ側面がある。TPPも秘密交渉であるが、多くの人が指摘するように、弱者にとって⑥デメリットが増大する可能性があり、社会的な勝者と敗者が生み出されかねない。そうなれば、社会そのものが根本から崩れてしまう危険がある。台湾も日本も今、大きな岐路に立たされているのかもしれない。

台灣學生結束佔領立法院

有一群學生自3月18日起佔領立法院，以抗議台灣政府與中國簽訂服務貿易協議時的態度。在立法院長保證會立法制定監督機制後，學生在4月10日撤出立法院，連同在立法院外高達數十萬群眾的抗議集會在內，一連串的抗議活動終於落幕。這次佔領立法院行動的直接原因，是爲了抗議馬英九總統黑箱作業的談判態度及打算強行通過服貿協議，認爲服貿協議會使台灣遭受嚴重損害，所以反服貿的聲浪也很大。

這次的事件對日本來說不能隔岸觀火，置身事外，因爲日本與美國進行的TPP（跨太平洋夥伴協定）談判，也有同樣的問題。TPP也是黑箱作業，有許多人指出對弱者的負面影響可能加遽，出現社會的勝利者與失敗者。如此以來將導致社會從根基整個瓦解。或許現在的台灣和日本，都正站在命運的岔路口上。

■單字

①取り決め：約定、商定

②取り付け：「取り付ける」指說服對方，獲得～、達成～

③膨れ上がった：「膨れ上がる」指數量、規模遠超出預期、膨脹

④収束：結束、塵埃落定

⑤TPP：Trans-Pacific Partnership Agreement。跨太平洋夥伴協定

⑥デメリット：＝demerit。缺點、不利之處

AKB48メンバー、握手会で襲われケガ

MP3 004

秋葉原を拠点に活動する女性①アイドルグループ・AKB48。5月25日、岩手県で行なわれた「握手会」の最中、のこぎりを持った男が彼女たちに②切りつけ、メンバー2人が手や頭に怪我を負った。犯人は殺人未遂で逮捕されたが、本人は「人の集まる所で人を殺そうと思った。誰でも良かった」、「AKBなら誰でも良かった。2人の名前は知らなかった」などと供述しているという。

握手会は、CD購入者なら誰でも参加できるが、持ち物検査などは行なっていなかったことで、警備の③甘さが指摘されている。

AKB48は「会いに行けるアイドル」を④コンセプトに結成されたグループ。連日専用劇場で公演を行ない、握手会、写真会、⑤総選挙投票など様々なファン参加型イベントを行なっている。AKB48は、遠い存在としてのアイドルではなく、直接会い、身近に接し、その成長を見守っていくアイドルなのだ。今後の握手会や公演は、警備見直しの為に延期となったというが、ファンとの距離をどう保っていくかが課題だろう。

AKB48團員握手會遇刺受傷

AKB48是一個以秋葉原爲活動據點的女子偶像團體。5月25日在岩手縣的「握手會」現場，一名男子手持鋸刀朝團員狂砍，有兩名團員手和頭部受傷。行凶者因殺人未遂被逮捕，他供稱：「當時想找個人多的地方殺人，沒有特定對象」「只要是AKB的成員就好。我不知道這兩人叫什麼名字」。

握手會只要有買CD，任何人都可以參加，但當時卻沒有檢查隨身物品之類的措施，遭人批評安全維護太草率。

AKB48成軍打出的理念是：「可以見到面的偶像」，她們會在專用劇場連續表演好幾天，並舉辦各式各樣邀請粉絲參與的活動，包括握手會、寫眞會、總選舉投票等等，因爲她們不是遙不可及的偶像，粉絲可以直接面對面，近距離接觸，看著她們成長。據說接下來的握手會和表演都因爲要重新檢討維安問題而延期，主要的問題應該是要怎麼維持跟粉絲之間的距離吧。

■單字

①アイドルグループ：＝idle group。偶像團體

②切(き)りつけ：「切(き)りつける」指用刀子砍、刺

③甘(あま)さ：「甘(あま)い」指對事物的態度不嚴格、不嚴密、不夠正確

④コンセプト：＝concept。概念、構想、主題

⑤総選挙投票(そうせんきょとうひょう)：本指國會全面改選的投票，這裡指AKB48的票選活動，由歌迷投票選出主唱新單曲的團員

マクドナルド、中国製チキン製品の販売停止
期限切れ鶏肉問題で

MP3 005

日本マクドナルドは7月22日、一部店舗で「①チキンマックナゲット」の販売を休止したと発表した。ナゲットの2割を仕入れる中国食肉加工会社、上海福喜食品が使用期限切れの鶏肉やカビの生えた牛肉を使っていたことが発覚したためだ。

上海福喜食品は、中国国内に10か所の工場を持つ世界でも最大級の食品加工会社で、親会社はアメリカのOSIグループ。中国のテレビ番組で、床に落ちた肉を従業員が拾って製造ラインに②放り込む場面などが放映されたことがきっかけで、事が③明るみに出た。

番組では、廃棄される肉が使われ、期限を7か月も過ぎた肉が製品になっていく様子も映し出され、従業員が「期限切れを食べても死なないよ」と言ったり、「購入元の審査に見せる生産報告書は④改竄されている」という元従業員の証言もあった。

今回の件を受け、日本マクドナルドは中国産チキン全製品を⑤取り止めたほか、コンビニ大手のファミリーマートも、上海福喜食品からのチキン製品を販売中止にするなど、問題の余波は拡大している。

News 03

過期雞肉風波　麥當勞停售中國雞肉產品

日本麥當勞7月22日宣布部分門市已暫停販售「麥克雞塊」，原因是有2成的雞塊來自中國肉品加工公司上海福喜食品，而該公司被揭發曾使用過期雞肉和發霉的牛肉。

上海福喜食品在中國境內有10家工廠，也是具世界規模的大型食品加工公司，母公司是美國的OSI集團。一開始是中國的電視節目播出該公司的一些畫面，像作業員把掉到地上的肉撿起來扔進生產線，後來整件事才浮上檯面。

節目還播出他們把要報廢肉品拿來用的情況，過期7個月照樣做成產品，作業員說「過期也吃不死人」，更有離職的作業員作證：「給買方檢查單位看的生產報告書被人竄改」。

這次事件爆發後，日本麥當勞已全面停售中國雞肉產品，大型連鎖超商日本全家也停售使用上海福喜食品雞肉的相關產品，餘波持續擴大中。

■單字

①チキンマックナゲット：Chicken McNugget。麥克雞塊

②放り込む：隨意扔進去

③明るみに出た：「明るみ」指明亮的地方，「明るみに出る」指（祕密）公開出來、曝光

④改竄：竄改、塗改

⑤取り止めた：「取り止める」指中止、取消

デング熱国内感染者69年ぶりに確認

MP3 006

厚生労働省は8月27日、埼玉県在住の十代日本人女性が①デング熱に罹ったと発表した。デング熱の国内感染は1945年以来69年ぶり。この女性には海外渡航歴が無いことから、海外でウイルスに感染した人を刺した蚊によって感染したと見られている。その後、同じく渡航歴の無い学生二人の感染も確認されたが、共に新宿区にある代々木公園で感染したらしい。

日本国内でのデング熱感染については、昨年8月に日本から帰国したドイツ人女性がデング熱に感染していたことがわかり、今年1月には厚生労働省が注意を呼びかけていた。

デング熱は皮膚発疹を伴う発熱や頭痛、筋肉痛が主な症状だが、適切な治療をすれば致死性は低い。日本では②ヒトスジシマカ（通称③ヤブ蚊）が媒介して感染するが、この蚊の分布北限が温暖化の影響で北に広がりつつあり、また、蚊の数も増加傾向にあるという。感染者の拡大が懸念される中、今後の対策が④急がれる。

日本69年來首見本土型登革熱

厚生勞動省8月27日公布：有一名家住埼玉縣的十幾歲日本女性罹患登革熱。這是1945年之後，69年來日本的第一個本土型登革熱病例。這名女性沒有出過國，因此研判傳染途徑應是有蚊子叮咬在海外感染登革熱病毒的人，然後再叮咬這名女性。之後又發現兩名沒有出過國的學生也染病，而這些病例可能都是在新宿區代代木公園感染的。

關於日本的本土型登革熱，去年8月有一名德國女性自日本返國，之後發現感染登革熱，所以今年1月，厚生勞動省就曾呼籲加強防患。

登革熱主要症狀爲皮膚出疹，同時有發燒或頭痛、肌肉痠痛等症狀，只要接受適當的治療，致死率相當低。在日本的傳染媒介是白線斑蚊（俗稱斑蚊），受到地球暖化的影響，這種蚊子的分布範圍逐漸往北擴大，數量也有增加的趨勢。感染人數有擴大之虞，此時更應及早做好未來的因應對策。

■單字

①デング熱（ねつ）：登革熱（dengue fever）

②ヒトスジシマカ：白線斑蚊、白紋伊蚊

③ヤブ蚊（か）：斑蚊

④急（いそ）がれる：「急（いそ）ぐ」的被動形，指被（有關單位）加緊進行

広島市で集中豪雨による土砂崩れ 多数の死傷者

MP3 007

8月19日深夜から20日未明にかけて広島市北部を襲った①集中豪雨によって、②土砂崩れや③崖崩れなどの土砂災害が発生。山沿いの住宅地を中心に家屋の全半壊、一部損壊、④床上床下浸水など合わせ数千軒が被害を受けた。陸上自衛隊が出動し救助作業に当たっているが、8月末で死者72人、行方不明者2人と深刻な被害が出ている。

被災地周辺では直前19日の時点で、平年を100㎜以上上回る264.4mmの降水量を記録、地盤の緩みが進行していた。そこへ当日未明、3時間に204mmという観測史上最も多くの雨が降ったことが大きな要因とみられている。

今回被害が拡大した要因として、⑤避難勧告の遅れも指摘されている。しかし同時に、被害の大きかった八木地区の「八木」という名前には「山間の狭い小谷」という意味があり、この地がかつて“八木蛇落地悪谷”と呼ばれていたという話もあることから、先人からのメッセージを無視した結果だと強引な住宅開発を問題視する声も大きい。

News 05

廣島市暴雨引發土石滑落　死傷慘重

8月19日深夜至20日凌晨，廣島市北部遭暴雨襲擊，引發土石滑落及坍方等土石災害。山腳的住宅區受害最爲嚴重，房屋全毀、半毀、部分毀損、房屋淹水的，總計達數千戶。雖有陸上自衛隊出動救災，但災情仍十分慘重，至8月底已有72人死亡，還有2人失蹤。

根據分析，這次受災的主要原因，是因爲災區周邊在釀災的前一天19日，降雨量達264.4公釐，比往年多100公釐以上，當時地盤就已經開始鬆軟了，偏偏當天凌晨又出現破紀錄的降雨，3小時就下了204公釐。

也有人認爲，這次災情會如此嚴重，主要是因爲沒有及時撤離居民。同時也有不少人認爲問題在於過度的住宅開發，因爲災情慘重的八木地區，「八木」這名字的意思是「山間的小狹谷」，而且據說這個地方以前叫作「八木蛇落地惡谷」，人們無視先人的警告，才會導致這個結果。

■單字

①集中豪雨（しゅうちゅうごうう）：短時間內在局部地區降下的豪雨

②土砂崩れ（どしゃくずれ）：土石滑落、坍方

③崖崩れ（がけくずれ）：都市周邊或住家旁斜坡土石崩塌現象

④床上床下浸水（ゆかうえゆかしたしんすい）：「床上浸水（ゆかうえしんすい）」指水淹到室內，「床下浸水（ゆかしたしんすい）」指水淹到架高的地基，但未淹入室內

⑤避難勧告（ひなんかんこく）：地方政府對居民下達的避難撤離指令

御嶽山噴火　戦後最悪の火山噴火被害

MP3 008

9月27日11時52分頃、岐阜県と長野県に①跨る御嶽山（3067m）が噴火、死者47名が確認され、火山被害としては長崎県雲仙普賢岳噴火（1991年）による犠牲者数を超え戦後最悪となった。まだ多くの行方不明者がいると見られ、自衛隊が捜索を続けているが、噴火の危険以外に、標高の高さ、ガス、火山灰、岩石、雨、泥などが障害となっている。

御嶽山は②独立峰としては、富士山に次ぐ日本第二位の高山で、富士山同様古来、信仰の対象であると同時に、日本百名山の一つで紅葉の名所。高山としては登り易い為、多くの人が好んで登る山でもある。

当日は晴天の土曜日、しかも昼食時ということで、噴火口すぐ③脇の頂上付近で二百人以上が休憩していたことが、小規模噴火にも拘らず、大勢の犠牲者が出た要因。しかし、噴火を予測できなかった背景には、国の予算削減で、御嶽山が重点観測対象から外されていた事情もある。

世界の火山の7%④に当たる110の活火山がある日本。対策の大きな見直しが求められている。

御嶽山噴發　戰後最嚴重火山噴發災情

9月27日11點52分左右，位於岐阜縣與長野縣交界處的御嶽山（海拔3067公尺）突然噴發，已確定有47人死亡，死亡人數超過長崎縣雲仙普賢岳的噴發（1991年），是二戰後最慘重的災情。據判還有很多人失蹤，自衛隊正在持續搜救，但除了再次噴發的危險之外，還面臨許多困難，包括高海拔、火山氣體、火山灰、岩石、雨、泥漿等等。

在獨立山峰中，御嶽山高度僅次於富士山，是日本第二高山。它和富士山一樣，自古以來一直受到人們信仰崇拜，同時也是日本百大名山之一，更是知名的賞楓景點。御嶽山算是比較好爬的高山，很多人都喜歡來這裡登山。

噴發當天是一個晴朗的星期六，而且是午餐時間，當時在火山口旁邊的山頂一帶，有超過兩百人在休息，這就是噴發規模不大，卻傷亡慘重的主要原因。而之所以沒有預測到火山會噴發，有部分是因爲政府刪減預算，沒有把御嶽山列爲重點監測對象。

日本有110座活火山，也就是說，全球有7%的火山都在日本。火山防災對策應徹底重新檢討。

■單字

①跨る（またが）：跨越、橫跨

②独立峰（どくりつほう）：與連峰、山脈等不同，獨立的山峰

③脇（わき）：旁邊

④～に当たる（あ）：相當於～

満州国の女優「李香蘭」山口淑子さん死去

MP3 009

戦前戦中の中国大陸で絶大な人気を誇った女優「李香蘭」が9月7日、心不全で亡くなった。94歳だった。

本名・山口淑子。1920年中国・撫順（現在の瀋陽）に生まれる。親中国的だった父親の影響で中国語にも堪能な上に、容姿と歌声の美しさを①見込まれ、満州映画協会に②スカウトされ、中国人女優「李香蘭」として1938年にデビュー。瞬く間に満州および中国全土で銀幕のスターとなり、歌手としても『夜来香』など多くの歌を大ヒットさせた。一方で、日本と中国の架け橋となるよう、中国人を装うよう③厳命されていた為、心中では苦悩を抱えていたともいう。

日本の敗戦後は、銃殺刑に処せられる“漢奸（売国奴）”の容疑が④掛けられたが、日本人だと証明され、国外⑤追放となり日本へ渡った。戦後は、山口淑子の名で再デビュー、アメリカでも映画やミュージカルで活躍。1974年には政界入りし、参議院議員を18年間務めた。

激動の時を日中の狭間で生きた「李香蘭」は、静かにこの世を去った。

滿州國女星「李香蘭」山口淑子辭世

二戰前與二戰期間，在中國大陸紅極一時的女星「李香蘭」9月7日因心臟衰竭去世，享年94歲。

「李香蘭」本名山口淑子，1920年出生於中國撫順（現在的瀋陽）。受到親中派父親的影響，她中文十分流利，再加上容貌與歌聲出眾，被滿州電影協會相中力捧，1938年以中國女星「李香蘭」之名出道。她一出道就立刻成爲滿州與全中國的銀幕情人，也唱紅了「夜來香」等多首名曲。但據說爲促使中日雙方交流，她被嚴格要求假扮成中國人，當時內心十分苦惱。

日本戰敗後，她被冠上「漢奸」的罪名，差點被槍殺，後來證明是日本人，改爲驅逐出境，來到了日本。二次大戰後，她以山口淑子之名再次踏入演藝圈，也到美國拍過電影和音樂劇。1974年踏入政壇，當了18年的參議院議員。

在中日夾縫之間，生存於動盪時代的「李香蘭」悄然離世。

■單字

①見込(みこ)まれ：「見込(みこ)む」指認爲有希望、看好

②スカウト：＝scout。尋訪發掘人才

③厳命(げんめい)：嚴令

④掛(か)けられた：「掛(か)ける」指載上、架上，這裡指冠上嫌疑

⑤追放(ついほう)：驅逐、放逐

道徳の①教科化を②答申、形骸化した「道徳の時間」立て直しへ

MP3 010

中央教育審議会（中教審）は10月21日、「道徳教育の教科化」を下村博文文部科学相に答申した。現在は教科外活動扱いの小中学校の「道徳の時間」を、数値評価を行わない「特別の教科」に格上げし、検定教科書を導入する。下村文科相は、「道徳は豊かな人間性を③育むために不可欠。制度改正に全力で④取り組みたい」と述べ、文科省は学習指導要領を改定し、早ければ2018年度からの教科化を目指すという。

道徳の教科化の実施で、⑤形骸化していた「道徳の時間」を立て直し、教師が道徳教育と真剣に向き合う環境ができるともいうが、一方で「固定した価値観の⑥押し付けに繋がる」という意見も根強く、また、評価方法が明確でないこと、教員による指導内容や評価のばらつきなどを懸念する声も多い。

深刻ないじめや自殺、重大な少年犯罪などの多発、そして、適切に叱ったり褒めたりすることが苦手な親が増え、教育は学校に任せっ切りといった家庭の教育力の低下などが叫ばれる昨今、政府の今後の取り組みに注目が集まっている。

道德教育列正式課程
有助於重建有名無實的「道德時間」

中央教育審議會10月21日答覆文部科學省（文科省）下村博文大臣的提問時，言明「將道德教育列入正式課程」，把現在中小學課外活動的「道德時間」升格爲不評分的「特別課程」，使用文科省審定的教科書。下村大臣指出：「道德是孕育豁達人品的要件。我們會盡全力改進相關制度」，表示文科省將修訂學習指導綱要，希望最快從2018年度開始成爲正式課程。

有人認爲，把道德教育列入課程，有助於重建有名無實的「道德時間」，打造讓教師用心投入道德教育的環境，也有人堅決反對，認爲這「到頭來會變成強迫學生接受制式的價值觀」，很多人也擔心評量方式不夠明確，而且不同的老師，教授的內容和評量可能會有偏差。

近年來霸凌和自殺問題嚴重，重大少年犯罪層出不窮，學者疾呼家庭教育能力退化，很多父母都不懂得如何適當地給孩子責備和鼓勵，把教育的責任全丟給學校。在這種情況下，政府未來的因應之道備受矚目。

■單字

①教科化(きょうかか)：變成正式科目。「教科」指正規教育中的課程、科目

②答申(とうしん)：答覆質詢

③育(はぐく)む：孕育、培育

④取(と)り組(く)みたい：「取(と)り組(く)む」指致力於、認眞面對

⑤形骸(けいがい)：徒具形式，沒有內容的空架子

⑥押(お)し付(つ)け：強迫人接受

へそくり　妻は夫の3倍
経済情勢や老後に不安

MP3 011

妻のへそくり（配偶者に内緒の資産）は夫の3.4倍に上ることが分かった。妻の平均額は前年より約7万円多い118万7775円、一方、夫は約5万円減少して35万2064円だった。

これは、11月22日の“①いい夫婦の日”を前に、保険会社が20～50代の夫婦を対象に実施したアンケート調査の結果。

これによると、へそくりを持つ人は全体の40.2%、夫・妻別では、夫が33.0%、妻は47.4%。使用目的で、最も多かった回答は妻・夫共通で「②いざという時の為」で、次いで２位は、妻が「将来の為」、夫が「趣味の為」となり、妻の方が経済情勢や老後に対する不安を感じ、将来③に備え貯めている状況が④窺える。

更に、配偶者に「愛情を感じていない」と答えた人では、平均のへそくり額が214万7160円なのに対し、「愛情を感じている」人では94万953円と2.3倍の⑤差がつき、「愛情を感じている夫婦は、へそくりよりも夫婦での貯金を重視しているのかもしれない」と、このアンケートでは⑥結んでいる。

擔心經濟情況與老年生活　太太私房錢是丈夫的3倍

太太的私房錢（瞞著配偶持有的資產）是丈夫的3.4倍。私房錢的平均金額，太太是1,187,775日圓，比前一年多7萬，丈夫則是少了5萬，只有352,064日圓。

這是在11月22日「好夫妻節」前夕，一家保險公司針對20歲以上60歲以下夫妻所做的問卷調查結果。

根據這項調查，有私房錢的人佔40.2%，把丈夫和太太分開來看，丈夫是33.0%，太太是47.4%。至於用途，丈夫和太太勾選最多的都是「以備急用」，在第2高票部分，太太是「爲將來做準備」，丈夫則是「嗜好」，由此可以看出太太比較擔心未來的經濟情況與老年生活，現在就開始存錢備用。

回答對配偶「沒有感情」的人，平均有2,147,160日圓的私房錢，「有感情」的人則是940,953日圓，相差2.3倍，問卷調查總結說：「或許有感情的夫妻比較重視夫妻共同的存款，而不是自己的私房錢」。

■單字

①いい夫婦(ふうふ)の日(ひ)：取自諧音1122「い い ふう ふ」

②いざという時(とき)：緊要關頭

③～に備(そな)え：「～に備(そな)える」指針對～（可能發生的情況）預作準備

④窺(うかが)える：可以看出、可見一斑。「窺(うかが)う」指窺視，看到事物的一小部分

⑤差(さ)がつき：「つく」在這裡指出現、有

⑥結(むす)んでいる：「結(むす)ぶ」指（文章、談話）結尾、結束

東京駅開業百周年記念「Suica」を求め希望者殺到　大混乱招く

MP3 012

JR東日本が12月20日午前、東京駅開業100周年記念のIC乗車券「Suica（スイカ）」（2千円）を限定販売したところ、購入希望者が東京駅に殺到し大混乱となった。

記念スイカは赤レンガの駅舎をデザインした1万5千枚。枚数限定特別版ということもあり、前日の夕方から希望者が集まり始め、当日、時間を①前倒しして売り出した時点では、既に約9000人が列を作っていたという。

そうした状況にも関わらず、案内や誘導整理に当たる駅員がいなかったことに加え、途中で販売を突如②打ち切られたことで、購入できなかった人からは怒声が③飛び交い、駅員を④取り囲んで説明を求めるなど、3時間以上混乱が続く大騒動となってしまった。

JR東日本は12月22日、記念スイカを増刷して希望者全員に販売することに変更し、受付は2015年1月下旬から期間限定でインターネットや郵送で行なう旨を発表したが、寒い中何時間も並び、結局、途中で家に帰された人々からは⑤憤懣遣る方ないといった声が挙がっている。

News 10

東京車站開業百年紀念　瘋搶「Suica」大混亂

JR東日本12月20日上午推出限量版的東京車站開業百年紀念IC卡車票「Suica（西瓜）」（2千日圓），結果大批民眾湧入東京車站，造成大混亂。

百年紀念的西瓜卡上印有紅磚車站，共1萬5千張。因爲是限量的特別版，據說前一天傍晚就有人開始排隊，到當天提前發售時，已排了約9千人。

人潮如此洶湧，卻沒有站務員來引導或疏散人潮，再加上賣到一半突然喊卡，造成大混亂，買不到票的人破口大罵，包圍站務員要求解釋，混亂的場面持續了3個多小時。

JR東日本12月22日宣布變更計劃，將增印百年紀念西瓜卡，賣給所有想買的民眾，自2015年1月下旬起限期接受網路及郵寄訂購，而那些在寒冬中排了好幾個小時，最後卻買不到票，只好打道回府的人則紛紛表示憤恨難消。

■單字

①前倒し：提前

②打ち切られた：「打ち切る」指停止、截止

③飛び交い：「飛び交う」指交錯地飛來飛去

④取り囲んで：「取り囲む」指包圍

⑤憤懣遣る方ない：氣憤難平

COP20で日本が「化石賞」＝途上国の石炭火力支援で

MP3 013

①国連気候変動枠組み条約第20回締約国会議（②COP20）で、各国の環境③NGOで作る「気候行動ネットワーク」が12月2日、交渉で最も④後ろ向きだった国に皮肉を⑤込めて贈る「化石賞」に日本を選んだ。

日本は、途上国に高効率の石炭火力発電を輸出している。日本の技術で効率を高めればCO2を削減できるとして、先進国の約束に基づく途上国の温暖化対策⑥向け資金の一部を石炭火力に融資して来た。

しかし、石炭火力発電のCO2排出量は、高効率のものでも液化天然ガス（LNG）火力発電の倍。建設後40年は運転が予定され、排出が続く懸念があるという。NGOは「日本は非常に短い視野しかない。資金は再生可能エネルギーに使うべきだ」と批判する。

過去の代表的な受賞国は、オーストラリア、ロシア、カナダ、サウジアラビア、日本。2000年のCOP6では、初日にブッシュ米国大統領が京都議定書不支持を表明したことから、アメリカ合衆国に対して、「今世紀の化石賞」が授与されている。

News 11

支援開發中國家煤炭火力發電 COP20日本得「化石獎」

聯合國氣候變遷綱要公約第20屆締約國會議（COP20）中，各國民間環保團體組成的「氣候行動網」在12月2日，把諷刺談判中態度最消極國家的「化石獎」頒給了日本。

日本持續出口高效能煤炭火力發電給開發中國家。當初認為若以日本的技術提高發電效能，可減少碳排放量，所以把已開發國家支援開發中國家抗暖化資金的一部分，拿來貸款給煤炭火力發電。

然而煤炭火力發電的碳排放量很高，高效能的發電廠，排放量也是液態天然氣火力發電的一倍。發電廠建好，至少會使用40年，有人憂心會持續排放二氧化碳。NGO批評說「日本目光淺短，資金應用於可再生能源」。

過去被頒「化石獎」的國家包括澳洲、俄國、加拿大、沙烏地阿拉伯、日本。在2000年COP6會上，美國總統布希在第一天便表明不支持京都議定書，於是「氣候行動網」就頒給美國一個「本世紀化石獎」。

■單字

①国連(こくれん)気(き)候(こう)変動(へんどう)枠(わく)組(ぐ)み条約(じょうやく)：聯合國氣候變遷綱要公約

②COP：Conferences of the Parties的縮寫，指締約國會議

③NGO：nongovernmental organization的縮寫。非政府組織

④後(うし)ろ向(む)き：保守、消極

⑤込(こ)めて：「込(こ)める」指包含、滿是

⑥～向(む)け：針對～、以～為對象

阪神・淡路大震災20年　各地で追悼
経験と教訓の継承を

MP3 014

6434人が亡くなった阪神淡路大震災は1月17日、20年目を迎え、発生時刻の午前5時46分に合わせ各地で追悼行事が①営まれました。神戸・三宮での「1・17のつどい」には、昨年の約3倍で過去最多の約1万4千人が参加し黙祷。夜までには、約10万１千人が訪れ、手を合わせたそうです。

また、神戸市の中華街・南京町では31日、震災直後の1995年1月31日に春節を中止して行なった②炊き出しを再現、観光客らに水餃子とお粥を③振舞いました。当時、自宅が全壊した被災者の一人は「食料を分けてもらった当時の思い出が④甦る」と⑤涙ぐみ、主催側も「20年前に炊き出しをした時、おいしそうに⑥頬張る被災者の笑顔が我々の支えになった。震災を知らない世代にも、助け合った記憶や教訓を伝えていきたい」と話していました。

4564人の犠牲者が出た神戸市では、世代交代や転出入で、震災を知らない市民は4割を超え、経験と教訓をいかに次世代へ継承するかが課題となっているということです。

News 12

阪神大地震20週年　各地辦追悼會　傳承經驗教訓

造成6434人死亡的阪神大地震於1月17日邁入第20年，在地震發生時間上午5點46分，許多地方都舉辦追悼活動。在神戶三宮的「1.17集會」有約1萬4千人參加默禱活動，人數約去年的3倍，也是歷來最多的一次。到晚上爲止，共約有10萬1千人來此合十追悼。

神戶的中華街——南京町31日也重演了1995年1月31日地震後中止春節慶典，供熱食賑災的活動，免費請觀光客與市民吃水餃和粥。一位當時住家全毀的災民含著淚說：「讓我想起當年領取食物的事」，主辦單位也表示：「20年前煮粥賑災時，災民大口吃得津津有味的笑容，讓我們得以撐過那一段日子。希望沒有經歷過地震災害的一代，也能學習到這種互助的歷史和精神」。

在當年有4564人犧牲的神戶市，因世代交替及戶口的遷出遷入，有超過4成的市民沒有經歷過阪神大地震，怎樣才能把這些經驗和教訓傳承給下一代，是一個有待解決的課題。

■單字

①営(いとな)まれました：「営(いとな)む」在此指舉辦、進行

②炊(た)き出(だ)し：煮飯賑災

③振舞(ふるま)いました：「振舞(ふるま)う」指請客

④甦(よみがえ)る：指（遺忘或淡去的記憶等）重新浮現

⑤涙(なみだ)ぐみ：「涙(なみだ)ぐむ」指含淚

⑥頬張(ほおば)る：大口吃得臉頰鼓鼓的

全国最長の“無料橋”「伊良部大橋」が開通
①離島苦の解消に期待

MP3 015

沖縄県の宮古島から伊良部島までを結ぶ全長3540メートルの伊良部大橋が1月31日に開通。北九州空港の連絡橋（2100メートル）を②抜いて、通行料が無料の橋としては全国で最も長い橋となりました。

宮古島市の中心である宮古島は沖縄本島から290km離れた離島。伊良部島はその宮古島から更に4km離れた“離島の離島”。これまで、伊良部島から市役所などがある宮古島への交通手段は船のみでした。離島苦の解消を求め、島民たちが③架橋を要望し続けて40年余り。着工から９年の歳月を経て、ようやく夢の橋が完成しました。

観光客増加や医療と教育の環境改善をもたらす伊良部大橋の開通。島民たちは「子供が急病になっても、すぐに車で運べるので安心」、「④念願の橋が出来て、とてもうれしい」、「私の時代には出来ないと思っていたので⑤感無量」などと喜んでいます。

今後は、生活の利便性向上だけでなく、橋を島の発展にどう繋げていくかが課題となるのかもしれません。

全國最長免費跨海大橋「伊良部大橋」通車 可望解決離島不便

連結沖繩縣宮古島與伊良部島，全長3540公尺的伊良部大橋於1月31日通車。這座橋超越北九州機場的聯絡橋（2100公尺），成爲免收通行費橋梁中全國最長的一座。

宮古島是宮古島市的中心，也是一個離島，距沖繩本島290公里。而伊良部島又是離島的離島，距宮古島還有4公里遠。以前要從伊良部島到有市公所等機構的宮古島，只有搭船一途。爲了解決離島生活的不便，島上居民四十多年來一直希望能蓋一座橋。開工後歷經9年的時間，這座夢想中的橋梁總算蓋好了。

伊良部大橋通車，預計將可增加遊客人數、改善醫療及教育環境。島上居民開心地表示：「這樣安心多了，就算小朋友突然生病，也能開車就醫」、「很高興，盼了這麼久的橋總算蓋好了」、「太感慨了，還以爲這輩子看不到了」。

除了提高生活的便利性之外，該怎麼用這座橋來促進島嶼的發展，或許是未來的一個課題。

■單字

①離島苦（りとうく）：在離島生活的困苦

②～を抜（ぬ）いて：「～を抜（ぬ）く」指追過～、勝過～

③架橋（かきょう）：搭建橋梁

④念願（ねんがん）：願望、心願

⑤感無量（かんむりょう）：無限感慨

自殺者5年連続減　金融危機前の水準に 17年ぶりの低水準

MP3 016

2014年の全国の自殺者が、5年連続の減少となったことが1月15日、警察庁の集計で分かりました。前年より1909人（7.0%）少ない2万5374人で、5年連続で減少。1998年の金融危機の影響で自殺者が急増する前の水準となりました。

年間自殺者数は、統計を始めた1978年から1997年まで2万～2万5000人台で①推移し、銀行や証券会社などの②破綻が相次いだ1997年の翌年に急増、2011年まで連続して3万人を超えていました。

内閣府の調べでは、男性が68.4%、年代別では60代が最も多く4018人とのことです。「中高年の男性の数が③著しく減少し、健康や経済が原因の自殺も大幅に減った。2009年から地域毎に④きめ細かい対策を行えるように、財政支援をした効果」と内閣府は説明しています。

しかし、1998年の急増の原因は金融危機ではなく、1997年に行なわれた消費税増税にあるとする見方もあり、昨年再び実施された増税の悪影響が出るのではとの懸念も出ています。

自殺人數連續5年減少　達金融危機前水準 17年來新低

警察廳1月15日公布統計：2014年全國自殺人數連續5年減少。2014年自殺人數25,374人，比前一年度減少1,909人（7.0%），連續5年減少，已降至1998年因金融危機影響自殺率驟增之前的水準。

每年的自殺人數，自1978年開始統計以來，一直到1997年都在2萬～2萬5千人上下移動，1997年有多家銀行及證券公司相繼破產，隔年自殺人數暴增，至2011年爲止，每年都超過3萬人。

根據內閣府的調查，在自殺者中，男性佔68.4%，以年齡層來看，六十幾歲的人最多，有4,018人。內閣府表示：「中高齡男性的自殺人數明顯下滑，因健康或經濟因素自殺的人數也大幅下降。中央自2009年起進行財政支援，使各地能推行周全的防治對策，顯見有所成效。」

不過也有人認爲1998年自殺人數暴增的原因並不在於金融危機，而是1997年實施的消費稅調漲，也有人擔心去年再次增稅，可能會出現不良影響。

■單字

①推移（すいい）：推移、變遷

②破綻（はたん）：失敗，無法繼續維持

③著（いちじる）しく：「著（いちじる）しい」指顯著的

④きめ細（こま）かい：細心周到的

2014年田舎暮らし 移住先人気ナンバー1は山梨県

MP3 017

田舎暮らしを希望する都市住民と地方自治体の①マッチングを支援するNPO「ふるさと回帰支援センター」は2月10日、2014年の田舎暮らし希望地域②ランキングを発表しました。1位は初の山梨県で、2位長野県、3位岡山県、4位が福島県となりました。山梨と長野の両県は、合わせて全体の3割の支持率がある人気移住先。岡山県は大規模災害が少なく、東日本大震災以降、特に子育て世帯に人気。福島県は以前から地方移住に力を入れていて、2010年にはランキング1位でした。大震災以降ランキングは③ダウンしたものの、被災地を応援したいという人たちから注目を集めているそうです。

近年、都市部から田舎に移住したいと考える人の割合が大幅に増え、積極的に移住者の受け入れ④に取り組む地方自治体も増えています。子育て層が自然豊かな環境を求める一方、課題となるのは仕事。今回のランキングでは、首都圏からの交通の利便性に加え、就職⑤斡旋にも力を入れている山梨県が首位となりました。

2014年鄉村生活　最嚮往地區：山梨縣

爲想過鄉村生活的城市居民與地方政府進行媒合的NPO「回歸家鄉支援中心」2月10日公布2014年鄉村生活意願排行榜：山梨縣首度登上第1名，第2名是長野縣，第3名岡山縣，第4名福島縣。山梨和長野特別熱門，兩縣加起來占了3成。岡山縣因少有大型災害，自311大地震後，特別受到有小朋友的家庭青睞。福島縣很早就在推動移居鄉村，2010年時排名第1。雖然大地震後名次下滑，但據說很多想爲災區做點事的人還是會把它納入考慮。

這幾年想從城市移居鄉村的人比例大增，也有越來越多地方政府積極爲移居者做種種規劃。有小朋友的家庭嚮往自然生態豐富的環境，但得先解決工作問題。在這次的排名中，山梨縣與首都圈之間交通便利，再加上地方政府積極介紹就業機會，於是成爲大家的首選。

■單字

①マッチング：＝matching。這裡指配對、媒合

②ランキング：＝ranking。排名

③ダウン：＝down。下滑、掉下去

④～に取(と)り組(く)む：全力處理（問題、事務等）

⑤斡旋(あっせん)：斡旋、居中協調、介紹

戦艦「武蔵」
米・資産家によりフィリピン海底で発見

MP3 018

日本時間3月3日夜、マイクロソフトの共同創業者で資産家の①ポール・アレン氏が、自身のツイッターで、日本軍の「武蔵」と思われる戦艦をフィリピンの②シブヤン海の深さ1km地点で見つけたことを報告。さらに4日には動画も公開し、ネット上で大きな話題になっています。

旧日本海軍が誇っていた「武蔵」は、姉妹艦「大和」と並び、現在に至るまで世界最大級の戦艦。太平洋戦争末期の1944年10月、フィリピンの③レイテ湾に向かう途中でアメリカ軍の猛攻を受け、④乗組員約千人と共に撃沈。その後、船体が行方不明になっていました。

アレン氏はさまざまな慈善活動を行うほか、保有する大型ヨットでの海底調査などをしており、「武蔵」については8年以上前から探索を続けてきたということです。

厚生労働省によると、艦内で遺骨が見つかった場合でも沈没地点が水深千メートルと深い上、海軍の軍人の遺族は「海が墓場」という認識も強い為、遺骨収集などは行われない⑤見通しとのことです。

News 16

美國富豪在菲律賓海底找到武藏號軍艦

日本時間3月3日晚上，微軟的共同創辦人——大富豪保羅艾倫在個人推特宣稱：他在菲律賓錫布延海的海面下1公里處，發現了一艘軍艦，研判是日軍的「武藏」號。4日又上傳了影片，在網路上掀起熱烈的討論。

當年日本海軍引以爲傲的「武藏」號和同等級的「大和」號，至今仍是全球數一數二的大型軍艦。1944年10月，太平洋戰爭進入尾聲，當時武藏號在航向菲律賓雷伊泰灣途中，遭受美軍猛烈的攻擊，和上千名船員一起被擊沉，後來一直沒找到船身。

保羅艾倫平日除了舉辦各種慈善活動之外，也用自己的大型遊艇進行深海探測等活動，他說他找武藏號已經找了8年。

厚生勞動省表示：武藏號的沉沒地點，水深達一千公尺，再加上海軍遺族都有「大海就是墳場」的觀念，就算在軍艦裡找到遺骨，應該也沒有人會去撿骨。

■單字

①ポール・アレン：Paul Gardner Allen。保羅・艾倫，與比爾蓋茲同爲微軟的創辦人

②シブヤン海（かい）：＝Sibuyan Sea。錫布延海，位於菲律賓群島中央的海域

③レイテ湾（わん）：＝Leyte Gulf。雷伊泰灣，又稱雷伊特灣，位於雷伊泰島東方

④乗組員（のりくみいん）：飛機或船隻上的機組人員

⑤見通し（みとおし）：預料、推測

天皇陛下、パラオ共和国を訪問　戦没者慰霊の旅

MP3 019

4月8日、天皇、皇后両陛下が太平洋戦争の激戦地だった①パラオを訪問されました。10年前のサイパン島に続く海外への「慰霊の旅」です。

1944年、パラオの②ベリリュー島で1万余の日本軍と、4万を超える兵員および圧倒的な火力を擁する米軍の間で激烈な戦闘が繰り広げられ、日本軍は全滅。パラオ諸島全体での戦死者は日本軍が約1万6千人、米軍は約２千人近くに上りました。しかし、サイパンや硫黄島、沖縄などと違い、知る人が少なく語られることもあまりない為、「忘られた島」とも呼ばれて来ました。

両陛下は９日、パラオ共和国の他、同じく戦地となったミクロネシア連邦、マーシャル諸島の３大統領と共に③慰霊碑を訪問。日本から持参した白菊の花束を供え、深々と一礼されました。両陛下は米陸軍の慰霊碑でも、④花輪を⑤供花し黙禱されました。

天皇陛下は「この機会に、満州事変に始まるこの戦争の歴史を十分に学び、今後の日本のあり方を考えていくことが、今、極めて大切なことだと思っています」と語られました。

News 17

天皇訪帛琉共和國　悼念陣亡將士之旅

4月8日，天皇夫婦造訪在太平洋戰爭中曾發生激戰的帛琉。這是繼10年前的塞班島之後，第二次的海外「悼念陣亡將士之旅」。

1944年在帛琉的貝里琉島上，1萬多名日軍對上擁有4萬多名士兵及優勢火力的美軍，雙方展開激戰，日軍全軍覆沒。總計在帛琉群島陣亡的戰士中，日軍多達1萬6千人，美軍也有近2千人。然而這件事跟塞班島、硫黃島、沖繩的戰役不同，知道的人不多，也很少被提起，所以過去也有人稱它「被遺忘的島嶼」。

天皇夫婦9日與帛琉共和國的總統，還有當時也陷入戰火的密克羅尼西亞聯邦、馬紹爾群島兩國的總統一起來到陣亡將士紀念碑，供上從日本帶來的白色菊花花束，並深深一鞠躬。天皇夫婦也在美國陸軍的陣亡將士紀念碑獻花默哀致意。

天皇表示：「我認爲現在極爲重要的，是要利用這個機會，針對這場始於九一八事變的戰爭，充分瞭解它的歷史，並思考未來的日本應該是什麼樣子。」

■單字

①パラオ：＝Palau。帛琉

②ベリリュー：＝Peleliu。貝里琉島，帛琉的第二大島，也是貝里琉戰役的戰場

③慰霊（いれい）：悼慰往生者的靈魂

④花輪（はなわ）：花圈、花環

⑤供花（きょうか）：（向神佛或死者）供花

ネパールで地震、犠牲者6000人超える

MP3 020

①ネパール中部で4月25日午前11時56分（日本時間午後3時11分）頃、②マグニチュード7.8の強い地震が発生。犠牲者は4月末時点で六千人を超え、最終的には1万人に達する可能性が出ています。

日本政府は警察庁や消防庁など70人の災害援助チームや民間医療チーム、そして110人の自衛隊を国際緊急援助隊として派遣。外務省も10億円の緊急無償資金協力、2500万円相当の緊急援助物資の供与も決めています。

しかし、被災者総数は人口の3分の1の800万人に上ると見られ、また、世界遺産の７つの歴史的建造物の内、４つが③壊滅的被害を受け、観光地の修復には10年かかるとも言われます。観光が主産業でGDPの5割を占めるネパール。経済に深刻な影響を及ぼすのは間違いありません。

ネパールは極めて親日的な国で、東日本大震災時はネパール政府から支援物資が届き、ネパール人④有志により追悼集会も開かれました。同じ地震国として、また大規模災害を経験してきた国として、日本の役割が改めて問われています。

News 18

尼泊爾地震　死亡人數逾6000

尼泊爾中部在4月25日上午11點56分（日本時間下午3點11分），發生了規模7.8的強震。至4月底已有六千人多人死亡，最終死亡人數可能上萬。

日本政府出動國際緊急援助隊伍協助，包括由警察廳及消防廳等單位組成的70人救災團隊、民間醫療團隊，還有110名自衛隊員。外務省也決定提供10億日圓的緊急無償資金，並捐贈2500萬日圓的緊急救援物資。

這次地震的受災人數估計達800萬人，占全國人口的3分之1，而且7座列入世界遺產的古建築中，有4座嚴重毀損，據說修復觀光景點就要花上10年。觀光是尼泊爾的主要產業，占GDP的5成。可以確定的是，這場地震將對尼泊爾的經濟帶來嚴重的衝擊。

尼泊爾是一個對日本極爲友好的國家，311大地震時，尼泊爾政府送來物資支援，還有尼泊爾人發起爲罹難者舉辦的追悼會。日本與尼泊爾同爲多地震國家，又有大規模災害的經驗，這次很多人都在關注日本將扮演怎樣的角色。

■單字

①ネパール：＝Nepal。尼泊爾

②マグニチュード：＝magnitude。用以描述地震規模的單位，依地震釋放的能量而定

③壊滅的（かいめつてき）：毀滅性的。形容受災情況極爲嚴重

④有志（ゆうし）：志願一起從事某種行動的人

首相官邸屋上にドローン　規制の検討始まる

4月22日、首相官邸の屋上にカメラ付きの小型無人航空機（①ドローン）が落ちているのが見つかりました。機体に取り付けられた容器からは放射線が検出され、一時はテロかと騒がれました。

その後、「反原発を訴えるため、ドローンを官邸に飛ばした」とする男が自首、②一応の③決着を見ましたが、これを④キッカケに、ドローンに関する規制が無いことやテロ対策の弱点が指摘され、法律による規制が検討され始めています。

素晴らしい空撮映像が撮れる高性能ドローンが誰でも10万円台で買える時代になり、さまざまなドローン産業の成長も期待されていますが、ドローンの普及が急速過ぎて、法律が追い付いていないとも言われます。中には、10kgに達するものもあり、人の頭上に落下すると危険である上、爆薬や化学物質を積んで攻撃するなど悪用される危険性も指摘されています。

今年1月には、ドローンがホワイトハウスに墜落して騒動になり、米国でも規制が検討されているそうです。

首相官邸屋頂墜無人機　開始研擬無人機規範

4月22日，在首相官邸的屋頂，發現墜落一架搭載攝影機的小型無人飛機（Drone）。裝在機身的容器驗出含有輻射線，當時大家都很緊張，猜想可能是恐怖攻擊。

後來有一名男子出面自首，表示自己是爲了反核電，才讓無人機飛到官邸去。雖然事件算是水落石出了，不過它也凸顯了無人機無法令規範、防恐對策有漏洞等問題，現在政府已開始研擬立法限制。

在這個時代，任何人都可以用十幾萬日圓買下一台能拍下美麗空拍影片的高性能無人機，各種無人機相關產業都前景可期，不過也有人發現：無人機普及的速度太快，法律還跟不上。更有人指出：無人機有的重達10公斤，要是掉到人的頭上還得了，而且也有遭惡用的可能，比如被拿來裝炸藥或化學物質進行攻擊。

今年1月有一架無人機墜落在白宮，引發一陣騷亂，美國也正在研擬加以規範。

■單字

①ドローン：＝Drone。無人機

②一応（いちおう）：指雖未達滿分，但尚可接受

③決着（けっちゃく）：塵埃落定、結果

④キッカケ：也可以平假名標示，指事物開始的一個引子、機緣

口永良部島、爆発的噴火　全島民に避難指示

MP3 022

5月29日午前9時59分頃、鹿児島県屋久島町・口永良部島の新岳（626m）で爆発的噴火が発生しました。

①噴煙は火口から高さ9000メートル以上に達し、②火砕流が約2キロ離れた海岸に到達。5段階の噴火警戒レベルは「3（入山規制）」から「5（避難）」に引き上げられ、全島民に避難指示が出されました。2007年の噴火警戒レベル導入以来、「5」が出されるのは初めてです。

口永良部島は同じ鹿児島県の桜島を中心とした九州、南西諸島の活動的な火山群の一つで、「10分前にも明らかな変化は観測されなかった（気象庁）」というほど、予知が難しい火山の一つです。戦後最大の被害が出た昨年の③御嶽山噴火に続き、今年は④蔵王山や⑤箱根山なども噴火の懸念があり、一層の対策が求められています。

また、10キロ余り離れた世界自然遺産の屋久島では、夏の観光シーズンを前に、⑥風評被害を心配する声が広がっており、ホームページなどを通じて「旅行に支障はありません」と呼び掛けを始めています。

News 20

口永良部島火山爆發　當局下令全島居民撤離

5月29日上午9點59分，鹿兒島縣屋久島町的口永良部島上的新岳山（626m）發生了火山爆發。

火山煙湧上距火山口9千公尺的高空，而火山碎屑流衝到兩公里外的海岸。總共5級的噴火警戒等級由「3禁止入山」提升爲「5撤離」，全島居民都被下令撤離。這是日本自2007年實施火山噴火警戒等級後，首度發出5級警戒。

口永良部島屬於以鹿兒島縣櫻島爲中心的九州、琉球群島活火山之一，也是極難預測的一座火山，氣象廳甚至說「噴火的10分鐘前都沒有觀測到明顯的變化」。去年才發生二次大戰後受創最嚴重的御嶽山噴火，今年藏王山和箱根山等也有發生噴火的可能，亟需更完善的對策。

而位在十來公里外的世界自然遺產屋久島上，因暑假觀光季在即，很多人擔心受到莫名的波及，紛紛開始透過網頁等強調「觀光旅遊不受影響」。

■單字

①噴煙（ふんえん）：火山煙塵

②火砕流（かさいりゅう）：火山碎屑流。火山噴出的熾熱碎屑，以時速上百公里的高速流動

③御嶽山（おんたけさん）：位於長野縣與岐阜縣交界

④蔵王山（ざおうさん）：位於宮城縣與山形縣交界

⑤箱根山（はこねやま）：位於神奈川縣西南部

⑥風評被害（ふうひょうひがい）：指因流言導致的經濟損害

年金機構職員の①端末に②サイバー攻撃 125万件の個人情報流出

MP3 023

日本年金機構は6月1日、サイバー攻撃を受け、年金の受給者と加入者の基礎年金番号や氏名などの個人情報約125万件が流出したとみられると発表。2日は朝から、年金機構に問い合わせや苦情の電話が殺到しました。

ウイルスに感染したのは、職員が電子メールに添付されたファイルを開いた5月8日。その後、19日になって機構は警視庁に相談、28日に警視庁から「情報の外部流出を確認した」と連絡を受け、機構は翌29日に全てのパソコンのネットへの接続を禁止したものの、既に約40台のパソコンが不正な③アクセスを受けていたとのことです。流出したファイルの1％未満にしかパスワードを設定していなかった情報管理の④杜撰さ、把握から20日間も対策を打たなかった機構の対応の遅さや当事者意識の低さに大きな非難が集まっています。

また、原因となった電子メールには、日本語⑤フォントではなく中国語フォントが使用されていたということで、外国からのサイバー攻撃の可能性も指摘されています。

年金機構職員電腦遭駭　125萬筆個資外洩

日本年金機構6月1日公布：因遭駭客攻擊，約有125萬筆年金領受人與被保險人的基礎年金號碼、姓名等個人資料外洩，2日一早就開始湧入大量查詢和抱怨的電話。

中毒的時間是5月8日職員打開電子郵件附檔那一刻。直到19日，年金機構才聯繫警視廳，28日接到警視廳答覆「確定有資料外洩」。年金機構在隔天29日下令禁止所有電腦上網，但據說當時已有約40台電腦遭非法存取。該機構資料管理過於鬆散，外洩的檔案裡面，只有不到1%有設定密碼，而且知道中毒後，長達20天都沒有採取任何對策，反應太慢，當事人意識薄弱，在在都受到強烈的抨擊。

由於帶病毒的電子郵件使用的是中文字型，而不是日文字型，也有人認爲可能是來自國外的駭客攻擊。

■單字

①端末（たんまつ）：數據終端設備，用來輸入及上傳數據，如電腦、手機等

②サイバー：＝cyber。指互聯網及線上服務之類的網路

③アクセス：＝access。這裡指連結到網路電腦等資訊系統

④杜撰（ずさん）：草率、馬虎

⑤フォント：＝font。字型

寺社に油事件、宗教団体幹部に逮捕状

MP3 024

今年2月に京都・①二条城で何者かにより油がかけられているのが見つかって以降、4月から5月にかけて近畿地方を中心に同様の事件が頻発、全国16都府県48カ所の②寺社仏閣（世界遺産や国宝を含む）で同様の被害が出た件で、米ニューヨーク在住の50代の韓国系日本人医師の男が関与した疑いが強まったとして、建造物損壊容疑で逮捕状が出たことが6月1日、明らかになりました。

捜査関係者らによると、男は東京都出身で2013年にキリスト教系宗教団体を設立。関東や関西の各都市で講演するなどして信者を増やしていて、同年夏ごろから③中国地方の城や神社、九州地方の神社で「④お清め」と称して油を撒いたことを信者向けの集会で⑤証言。捜査当局は、男が宗教的儀式の一部として油を撒き、別の信者にも油を撒かせていた可能性があるとみています。

いくつかの寺の防犯カメラには、当該の男とよく似た男が映っているということで、当局は男がアメリカから帰国次第、逮捕する方針だそうです。

寺廟潑油案　追捕宗教團體幹部

今年2月，京都二條城發現遭人潑油，後來4月到5月這段期間，以近畿地方爲主，各地接連傳出同樣的情況，全日本有16個都府縣，計48所寺廟（其中部分爲世界遺產、國寶）都有相同的災情。6月1日警方宣布一名旅居美國紐約的五十幾歲韓裔日籍男醫師涉有重嫌，以涉嫌損壞建築物的罪名發出逮捕令。

調查人員表示：男子生於東京都，2013年成立了一個基督教派系的宗教團體，在關東及關西各大都市進行演講等活動，吸收信眾，並在信眾集會上親口說自己從2013年夏天開始，便以「淨化」爲名，在中國地方的城堡和神社以及九州地方的神社潑油。調查單位研判男子是把潑油當作一種宗教儀式，可能也有指使其他信徒去潑油。

有幾間佛寺的監視器拍到了形似嫌犯的男子身影，因此警方表示，待男子由美國返日後，將立即進行逮捕。

■單字

①二条城（にじょうじょう）：位於京都市中京區的城堡，1603年由德川家康創建，1994年列入世界文化遺產

②寺社仏閣（じしゃぶっかく）：泛指佛寺與神社

③中国地方（ちゅうごくちほう）：位於本州西部，含岡山、廣島、山口、島根、鳥取等五縣

④お清め（きよ）：指宗教上的除穢淨化

⑤証言（しょうげん）：說出口證實

韓国で中東呼吸器症候群MERS流行
死者30人超える

MP3 025

6月1日、韓国で中東呼吸器症候群（MERS）による初めての死者が出て以来、①4次感染まで広がり、日本人も一時隔離対象となったことで、日本へのウイルス侵入を警戒する声が高まっています。

MERSは2012年に初めて確認されたウイルス性の感染症で、主に中東地域で患者が報告され、発熱、せき、②息切れなどの症状から、重症化すると肺炎を起こし呼吸困難になるものです。致死率は約40パーセント、確実な治療方法は無いとのことです。

感染拡大の背景には、政府の初期対応の遅れや患者が病院を複数受診する韓国の習慣、医療機関の③換気態勢の④不備などの他、多数の院内感染を出した病院の医師が隔離されず勤務し続けたり、自宅隔離対象者がゴルフや外国へ出かけたり、といった意識の低さがあるとされます。

6月末時点で、感染者数182人、死者数33人に達したものの、一時は六千人を超えた隔離対象者も半減し、感染者及び死者数の増加も⑤鈍化。世界保健機関（WHO）は、現段階では「国際的な公衆衛生上の緊急事態」には当たらないとの見解を示しています。

News 23

韓國中東呼吸症候群MERS疫情　死亡病例超過30人

韓國6月1日出現中東呼吸症候群（MERS）第1個死亡病例後，疫情持續擴大，甚至出現4次感染的案例，連日本人都有人被列管暫時隔離，很多人都認爲應加強防患病毒入侵日本。

MERS是2012年首度確診的病毒感染症，病例主要集中在中東地區，有發燒、咳嗽、呼吸急促等症狀，嚴重時會引發肺炎，導致呼吸困難。死亡率約40%，尙無確實有效的治療方式。

疫情擴大的原因包括政府一開始反應過慢、韓國病患習慣多看幾家醫院、醫療院所換氣體制不夠完備等，而且很多人都不夠警覺，好幾家發生院內感染的醫院，醫師還繼續上班，沒有被隔離，而被要求居家隔離的人，有人跑去打高爾夫球，還有人出國。

到了6月底，感染人數達182人，死亡人數33人，不過一度超過6千人的隔離名單已降到一半，感染及死亡人數增加的速度也趨緩。世界衛生組織（WHO）發表見解，認爲現階段還未達「國際公共衛生緊急狀態」。

■單字

①4次感染（じかんせん）：首例感染者A傳染給B叫2次感染，B再傳染給C爲3次感染，C再傳染給D就是4次感染

②息切れ（いきぎ）：呼吸急促、上氣不接下氣

③換気（かんき）：將室內污濁空氣排出，引進新鮮空氣

④不備（ふび）：不齊備、欠缺

⑤鈍化（どんか）：（速度等）變慢

台湾のテーマパーク　粉塵爆発で火の海に 負傷者516人

MP3 026

台湾北部の新北市にある①ウォーターパーク「八仙水上楽園」で6月27日夜、イベント開催中に大規模な爆発と火災が発生、負傷者は516人に上り、二百人以上が集中治療室で治療を受けています。負傷者には中国籍4人と外国籍4人も含まれ、日本人女性2人もいるということです。

イベントには約1000人の若者が参加。水着姿の観衆に向かって色付きの粉を吹きかける演出が行われた際、粉状のものが一瞬にして燃える「粉塵爆発」が起きたと見られ、照明の熱やタバコの火などで引火した可能性が指摘されています。安全管理を怠ったイベント主催者に非難が集まり、行政や警察は徹底した調査をするとしています。

多数の重傷者を含む大量の負傷者を一度に受け入れることになった周辺の病院では、その対応に追われ、医療スタッフ、機材薬品などの不足が懸念され始めています。そんな中、日本から、医療器具メーカーによる治療用②ガーゼの大量寄付③を皮切りに、人工皮膚の無制限提供、専用ベッドの寄贈、医師や看護師派遣など、様々な援助の申し出が来ているということです。

台灣主題樂園　粉塵爆燃成火海　516人受傷

座落在台灣北部新北市的水上遊樂園「八仙水上樂園」6月27日晚上舉辦活動時，發生大規模的爆炸及火災，傷者多達516人，有兩百多人還在加護病房接受治療。據瞭解，傷者中有中國籍遊客4人，外國籍遊客4人，還有2個日本女生。

這個活動約有1000名年輕人參加。研判是在表演進行到對著穿泳衣的觀眾噴彩色粉末時，發生了粉末瞬間燃燒的「粉塵爆燃」，而引燃物可能是燈具的熱度或香菸的火。沒有做好安全管理的主辦單位成爲眾矢之的，行政單位及警方表示將進行徹底調查。

鄰近醫院一次接收大量傷患，其中還有很多人傷勢嚴重，院方頓時手忙腳亂，大家開始擔心醫療人員及器材、藥物可能不足。這時日本一家醫療器材廠帶頭捐贈了大量的醫療用紗布，接下來有許多日本機關團體紛紛提供各種援助，有的是無限量供應人工皮膚，有的捐贈專用病床，有的派遣醫師與護士支援。

■單字

①ウォーターパーク：＝Waterpark。水上遊樂園

②ガーゼ：＝Gaze（德語）。紗布

③～を皮切(かわき)りに：以～爲起點、從～開始。「皮切り」指開端、開頭

News 25

女性の平均寿命86.83歳で3年連続世界一、男性も過去最高

MP3 027

7月30日、厚生労働省は2014年の日本人の平均寿命を公表しました。

男性は80.50歳で前年より0.29歳延び、女性は86.83歳で前年より0.22歳延びて、①いずれも過去最高を更新。女性の半数近くが90歳の「②卒寿」を迎えるということになります。

平均寿命は、その年に生まれた0歳児が平均何歳まで生きるかを予測した数値。海外の最新統計と比べると、女性は香港86.75歳を③僅差で上回り、3年連続で長寿世界一。男性は香港81.17歳、④アイスランド80.8歳に続き、シンガポール、スイスと並んで3位となり、前年の4位から上昇しました。

平均寿命が延びたのは、女性は心疾患や脳血管疾患、男性はがんや肺炎で亡くなる人が減少あるいは亡くなる時期が遅延したことが要因とみられます。がん、心疾患、脳血管疾患の「三大疾患」による死亡率は、男性は52.2%で前年より0.22ポイント減、女性は47.8%で前年より0.66ポイント減でした。

女性平均壽命86.83歲　連續3年世界第一　男性也創歷史新高

7月30日，厚生勞動省公布了2014年日本人的平均壽命。

男性爲80.50歲，較前一年延長0.29歲，女性爲86.83歲，較前一年延長0.22歲，雙雙刷新紀錄。這代表有近半數的女性都可以過九十大壽。

平均壽命是預測這一年出生的0歲嬰兒平均會活到幾歲。與海外最新的統計相比，女性以些微差距領先香港的86.75歲，連續3年保持世界長壽之最。男性則是排在香港的81.17歲和冰島的80.8歲之後，與新加坡、瑞士並列第3，從前一年的第4名往上升。

平均壽命延長，據判主要是因爲女性在心臟病和腦血管疾病方面，男性在癌症和肺炎方面，死亡人數減少或死亡時間延後。癌症、心臟病、腦血管疾病這「3大疾病」的死亡率，男性是52.2%，比前一年少0.22個百分點，女性則是47.8%，比前一年少0.66個百分點。

■單字

①いずれも：全都

②卒寿（そつじゅ）：源自「卒（そつ）」的異體字「卆」可拆解爲「九十」

③僅差（きんさ）：微小的差距

④アイスランド：＝Iceland。冰島

五輪まで5年
新国立競技場　建設計画の見直し

MP3 028

開幕まで5年となった2020年東京オリンピックのメイン①スタジアムとなる新国立競技場について、安倍晋三首相は7月17日、「国民、アスリートから大きな批判があり、このままでは皆で祝福できる大会にするのは困難と判断。計画を白紙に戻し、②ゼロベースで計画を見直す」と述べ、建設計画見直しを正式に表明しました。

現行計画は2本の鋼鉄製巨大アーチが屋根を支える特殊な構造。2013年、安倍晋三首相は五輪招致に向け、この斬新なデザインを大きくアピール。しかし、これが総工費を③押し上げ、当初計画の2倍近い2520億円に膨らんだことで批判が強まり、世論調査でも「納得できない」と答えた人が81％でした。

審査委員で建築家の安藤忠雄氏は「コストを徹底的に議論することはなかった」と述べるなど、五輪招致の為に「④インパクト」重視で、コストよりも斬新なデザインを優先させた実態が浮き彫りになりました。

政府は、工費を半分程度にしたい考えですが、課題は山積。5年後の開会式開催を⑤危ぶむ声は少なくありません。

奧運倒數5年　新國立競技場建設計劃生變

針對再過5年即將開幕的2020年東京奧運主場館「新國立競技場」，安倍晉三首相7月17日表示：「在國民和選手強烈批判的情況下，很難辦一個能得到大家祝福的奧運。我們決定回到原點，從零開始，重新檢討」，正式宣布建設計劃重審。

現行的計劃採特殊結構，用2支巨大的鋼製拱樑支撐屋頂。2013年，安倍晉三首相在申辦奧運時，還曾大力宣傳這項嶄新的設計。然而這項工程讓總工程費暴增爲2520億日圓，幾乎是原始計劃的2倍，因此招來強烈抨擊，民調也有81%的人表示「無法接受」。

擔任審查委員的建築家安藤忠雄表示：「當時沒有鉅細靡遺地討論成本的事」，這突顯出一個事實：當初爲了申辦奧運，特別重視「強烈的印象」，不顧成本，只求設計新穎。

政府希望把工程費減半，但待解決的問題堆積如山。很多人擔心會影響到5年後的開幕典禮。

■單字

①スタジアム：＝stadium。有看台的體育賽事場館

②ゼロベース：＝zero-base。（預算等）以零爲基礎（開帳）

③押(お)し上(あ)げ：「押(お)し上(あ)げる」指往上推頂

④インパクト：＝impact。衝擊、強烈的印象

⑤危(あや)ぶむ：憂心危及～

山口組分裂　十数団体が脱退
新組織結成か　全国抗争への懸念

MP3 029

日本最大の指定暴力団・山口組（神戸市）が分裂する可能性が高いことが8月27日、捜査関係者への取材で分かりました。有力①直系の十数団体が山口組から脱退し、新たな組織を立ち上げると見られています。

戦前、神戸の一暴力団に過ぎなかった山口組は、終戦直後に全国進出。勢力は44都道府県、組員1万人以上、全国の暴力団の43.7%を占めるまでに拡大しました。

今回の分裂の背景にあるのは2大派閥の弘道会（名古屋）と山健組（神戸）の勢力争い。6代目組長就任以来の名古屋中心の執行部体制への反発に、本部へのカネの②吸い上げや③窮屈な管理体制への不満も加わり、神戸や大阪など関西の組長を中心に、山口組結成100年となる④節目の今年、離脱に動いたといいます。

「こんな状態になったら、大きな音（銃弾の発射音）をさせずに済ますのは難しいかもしれない」とある幹部が言うように、対立抗争、さらには全国の暴力団情勢が変化する可能性もあり、警察当局は警戒を強めています。山口組は1980年代にも分裂抗争を起こし、全国で銃撃などが相次ぎ、民間人を含め100人近くが死傷しています。

News 27

山口組分裂　十幾個團體退出　或將成立新組織　防全國火拼

8月27日，有記者採訪搜查人員，得知日本最大的指定暴力集團——山口組（神戶市）可能會分裂。據判十幾個有力的直系團體會退出山口組，成立新組織。

山口組在戰前僅僅是神戶的一個暴力集團，戰爭結束後迅速在全國擴張，勢力遍及44個都道府縣，擁有上萬名組員，占全國暴力集團的43.7%。

這次分裂的背景因素，是弘道會（名古屋）和山健組（神戶）兩大派系的角力。第6代組長上任後就把執行部設在名古屋，據說神戶和大阪等關西地區的組長對此十分排斥，再加上不滿總部壓榨下級組織的錢，管理體制又沒有彈性，因此選在今年山口組成立百年紀念之際脫離。

接下來可能會出現雙方火拼，甚至改變全國暴力集團情勢，其中一名幹部就說：「事情演變成這樣，很難在不發巨響（指槍擊聲）的情況下收場」，警方已加強警戒。山口組在1980年代也曾發生過分裂火拼，當時全國各地槍擊事件頻傳，死傷近百人，其中有部分是一般百姓。

■單字

①直系（ちょっけい）：在這裡指一脈相承

②吸い上げ（す・あ）：「吸い上げる（す・あ）」指搾取別人的利益

③窮屈（きゅうくつ）：在這裡指受到拘束、壓抑的感覺

④節目（ふしめ）：事物進展的轉換點

塾講師を国家検定に　2017年より開始

MP3 030

塾講師の検定を「国家検定」にする準備が進んでいます。

塾講師の検定としては、既に全国学習塾協会による「学習塾講師検定（塾検）」（1～3級に分類）があるにも関わらず、「国家検定」にする背景には、指導力を保証して信頼性を高めたい塾業界と、技術職中心の技能検定（車両整備や塗装、パン製造、造園工事作業といった主に技術職128種、合格すると技能士が名乗れる）をサービス分野にも広げたい国の①思惑があるといわれ、塾以外にも百貨店や旅行②添乗員など５業界で国家検定化が検討されているとのことです。

この塾講師の国家検定化に対しては「国家検定にすれば信頼性が向上するという価値観自体が古い」、「その前に学校教師の質を上げるべき」などといった批判も多く出ています。

塾講師の国家検定化は、関係法令の改定や検定内容の確認などを経て2017年にも実現する見込みです。しかし、受検は希望者のみということもあり、大手学習塾の③受け止め方も分かれているのが現状。どこまで普及するかは不透明です。

News 28

補習班教師納入國家考試　2017年起實施

政府正在準備將補習班教師的技能檢定納入國家考試。

其實補習班教師的技能檢定已經有了，是全國學習塾（補習班）協會舉辦的「學習塾講師檢定（塾檢）」（分爲1～3級）。之所以要納入「國家考試」，據說政府是想在力求保證指導能力、提升信賴度的補教界，以及技術職務爲主的技能檢定（汽車修護、塗裝、麵包烘焙、造園工程等128種技術職務，合格後可掛技術士之名）都設國家考試，甚至擴大到服務業，除了補習班之外，也在研究把百貨公司和旅遊領隊等5個行業的相關職務納入國家考試。

對於將補習班教師納入國家考試一事，也有很多批評的意見，如「有國家考試才可靠，這種價值觀本身就過時了」「在這之前，應該要先提升學校教師的品質」等等。

要把補習班教師納入國家考試，要先修訂相關法令，還要確認考試內容等等，預估最快2017年上路。不過考試要有人報名，而且現在大型補習班對此事又意見分歧，能普及到什麼程度，還是個未知數。

■單字

①思惑（おもわく）：意圖、想法

②添乗員（てんじょういん）：旅行團中全程陪同，負責照顧旅客的旅行社人員

③受（う）け止（と）め：「受（う）け止（と）める」在這裡指因應、應對

関東・東北で豪雨　各地で河川の氾濫決壊　浸水被害相次ぐ

MP3 031

9月10日から11日にかけて、関東東北地方に記録的な豪雨が降り、各地の河川で①越水や堤防②決壊などが起き、関東だけで約97万8千人に③避難指示や勧告が出たほか、各地に深い④爪痕を残しました。

茨城県常総市では10日午後、北関東を流れる一級河川・鬼怒川の堤防が決壊、大規模な水害が発生。⑤冠水範囲は東西に最大4キロ、南北に最大18キロ、約40平方キロメートルに広がりました。また、11日早朝には宮城県大崎市でも渋井川の堤防が決壊、約400棟が浸水しました。

今回の豪雨は、台風18号から変化した温帯低気圧に、東の海上にあった台風17号から湿った風が吹きつけ⑥線状降水帯が発生したことによるもので、24時間降水量が300mm以上の降雨をもたらしました。

「平成27年9月関東・東北豪雨」と命名されたこの豪雨では、栃木・茨城・宮城の3県で計8人が死亡、46人が重軽傷を負い、1万9千戸の住宅に被害が出ましたが、避難指示の遅れも指摘されており、政府や自治体の今後の防災強化が問われています。

News 29

關東及東北豪雨　多處河川氾濫潰堤　淹水災情頻傳

9月10日至11日，關東及東北地方降下破紀錄豪雨，造成多處河水溢流、堤防潰決，光是關東，發布避難指示或避難勸告的居民就有97萬8千人，各地災情慘重。

茨城縣常總市在10日下午，因流經北關東的一級河川——鬼怒川潰堤，造成大規模水患。淹水範圍東西最長4公里、南北最長18公里，面積達40平方公里。11日清晨，宮城縣大崎市的澀井川也發生潰堤，有4百戶房屋淹水。

這次的豪雨，是因爲日本東方海面上的第17號颱風「奇羅」挾帶水氣，吹向第18號颱風「艾陶」轉成的溫帶氣旋，形成線狀雨帶，帶來24小時雨量超過300毫米的降雨。

這場被命名爲「平成27年9月關東・東北豪雨」的豪雨，在栃木、茨城、宮城3縣造成8人死亡，46人輕重傷，有1萬9千戶民宅受災。有人批評說避難指示發布得太慢，中央與地方政府也應加強日後的防災措施。

■單字

①越水（えっすい）：溢流

②決壊（けっかい）：潰決

③避難指示（ひなんしじ）や勧告（かんこく）：「避難勧告（ひなんかんこく）」是宣導撤離避難，「避難指示」則是下令撤離避難

④爪痕（つめあと）：抓痕，引申爲天災人禍留下的損害

⑤冠水（かんすい）：指水淹沒農田或道路等大範圍地區

⑥線状降水帯（せんじょうこうすいたい）：長長的線狀雨帶。會接連產生積雨雲，帶來強降雨。寬度可達20～50公里，長達50～300公里

中国で日本人二人拘束
5月から「スパイ行為」容疑で

MP3 032

中国外務省が9月30日、日本人二人をスパイ行為の疑いで逮捕したと発表したことを受け、日本政府は同日午後、今年5月に日本人男性二人が中国当局に①拘束されたと明らかにしました。

中国では「海外の反中国勢力」の流入を警戒し、昨年11月にスパイ行為を具体的に定義した「反スパイ法」を施行。国内外の組織や個人が国家の安全に危害を及ぼす活動や、国家機密を盗み取ることなどをスパイ行為と定めて、取り締まりや監視を強めています。

今回の日本人逮捕については、「中国が政治的取引に使うため、故意に捕まえた」、「中国の過剰防衛によるものだ」、或いは逆に、「日本の公安調査庁が日本国籍を取得した北朝鮮からの脱北者に依頼していた」など、様々な②憶測が③飛び交っています。

政府としてスパイ行為を指示したかどうかについては、日本政府は「わが国は、そうしたことは絶対にしていない。全ての国に対して同じことを申し上げておきたい」と強く否定しています。

News 30

中國5月扣押2名日本人　指涉嫌「間諜行爲」

中國外交部9月30日宣布逮捕2名涉嫌從事間諜活動的日本人，隨後日本政府也在同一天下午公布今年5月有2名日本男性遭中國當局扣押。

中國爲防患「海外反中勢力」的流入，去年11月施行「反間諜法」，明確定義間諜行爲。其中，國內外組織及個人從事危害國家安全的活動、竊取國家秘密，都定爲間諜行爲，並加強取締與監視。

這次日本人被捕，引發諸多猜測，有人說「中國是故意抓人，要當作政治交易的籌碼」、「這是中國過度防衛的結果」，反過來也有人說「取得日本國籍的北韓『脫北者』曾接受日本公安調查廳委託」。

對於日本政府是否派人從事間諜活動的疑問，日本政府強烈否認，表示「我國絕無此行爲。這句話也要向所有的國家聲明。」

■單字

①拘束（こうそく）：扣押，使無法自由活動

②憶測（おくそく）：沒有證據的揣測

③飛（と）び交（か）っている：「飛（と）び交（か）う」指飛來飛去，也指（話語）滿天飛

マイナンバー制度始まる 情報流出への不安残す①船出

MP3 033

国民一人一人に番号が②割り当てられる「マイナンバー」制度で、10月5日から全国の約5500万世帯に番号を知らせる通知カードが順次発送されます。

マイナンバーは、日本に住民票のある国民や一定期間在住する外国人に割り当てた12桁の番号で、行政が税や社会保障などの個人情報を一元管理する為のもので、年金不正受給の防止、富裕層の資産や所得の把握による税収増加なども期待されています。国民にとっては、社会保障や税の手続きが簡単になり、予防接種や特定健診（メタボ健診）の履歴、預貯金口座の情報にも結び付けられます。実際の運用は来年1月からで、希望者には身分証にもなる「個人番号カード」が交付されます。

一方、自治体ではその対応に追われ、5日以降、各地でミスやトラブルが発生、更には③便乗詐欺や不審電話事件も起き始めています。情報流出やサイバー攻撃への対策は、自治体によって異なると言います。これまで以上に詳細な個人情報が簡単に流出する危険と隣り合わせのマイナンバー制度、国民の疑問と不安を払拭する政府の対策が求められています。

News 31

個人號碼制起跑　個資外洩隱憂未除

國民一人一個號碼的「My Number」（個人號碼）制度，10月5日起依序寄送通知號碼的通知卡給全國約5500萬戶人家。

個人號碼是一種12位數的號碼，在日本領有「住民票」的國民，以及居住一定期間的外國人每人都有。實施的目的是行政機構要對稅務及社會福利等個人資料進行一元化管理，也可望防止年金的不當給付、掌握富豪資產與所得，以增加稅收。對人民來說，未來申請社會保障及繳稅的手續將簡化，這個號碼也可連結到疫苗接種紀錄、特定健檢（新陳代謝症健檢）紀錄、存款帳戶資料。明年1月正式啓用，民眾也可自行申請相當於身份證的「個人號碼卡」。

地方政府現在忙著做相關準備工作，5日開始寄送之後，很多地區都陸續發生作業疏失和糾紛，甚至開始出現有人趁機詐騙的案件，也有民眾接到可疑的電話。據瞭解，對於如何因應個資外洩及駭客攻擊，各地方政府做法不一。個人號碼制度的施行，伴隨著詳細個資比以往更容易外洩的危險，政府必須做好因應對策，以消除民眾的疑慮和擔憂。

■單字

①船出（ふなで）：開船、出航，引申指新的開始

②割り当てられる（わりあてられる）：「割り当てる」（わりあてる）指分配、分派

③便乗詐欺（びんじょうさぎ）：當某些社會事件發生時，趁機進行的詐騙行爲

ハロウイン　渋谷　仮装の人々で大混雑

MP3 034

10月30日夜から11月1日未明にかけて、東京の渋谷には「ハロウイン」①にちなんで②思い思いに仮装した若者たちが大勢集まり大混雑しました。

今年は、ハロウインが日本に定着して初めての「週末ハロウイン」の年。そのためか、前日30日金曜日から仮装した人が続々と集まり、昨年より多い数百人の警察官や機動隊員が警戒に当たり、「③DJポリス」として知られる④機動隊の広報班も出て交通整理を行ないました。

昨年同様、渋谷駅の周辺では多数のゴミが放置され、地元住民から苦情や怒りの声が上がりましたが、今年は仮装姿の人々数百人が路上のゴミ拾いを行ないました。

ハロウインはスコットランドやアイルランド一帯にいた紀元前の古代⑤ケルト民族の祭りが起源。米国に伝わり形を変えて盛んになり、日本では1997年に東京ディズニーランドで「ディズニー・ハロウィーン」が始まって認知度が高まりました。日本にも定着したとされるハロウイン、その市場規模は約1220億円にも達し、バレンタインデー市場を上回ったと言われています。

萬聖節變裝遊街擠爆澀谷

10月30日晚上到11月1日凌晨，東京的澀谷聚集了大批年輕人，他們為了慶祝萬聖節而各出奇招變裝遊街，擠得水洩不通。

萬聖節在日本成為家喻戶曉的節日後，今年是第一次的「萬聖節週末」。或許是這個原因，在10月30日萬聖節的前一天，就陸續湧入變裝的人潮，警方出動了好幾百名警察和機動隊員進行警戒，動員人數比去年還多，以「DJ警察」聞名的機動隊宣傳組也到場進行交通疏導。

澀谷車站附近跟去年一樣，被扔了一地的垃圾，當地居民紛紛表達抗議與不滿，不過今年倒是出現了幾百名變裝的人來掃街撿垃圾。

萬聖節源自西元前蘇格蘭和愛爾蘭一帶的古代塞爾特人祭典，傳到美國之後改變形式，開始流行起來。在日本則是1997年東京迪士尼樂園舉辦「迪士尼萬聖節」之後才廣為人知。萬聖節在日本已成為一大節日，據說市場規模高達1220億日圓，甚至超過西洋情人節。

■單字

①〜にちなんで：「ちなむ」指因與〜有關而成立

②思い思い（おもいおもい）：各依所好、各隨己意

③DJポリス：＝DJ Police。這是一種暱稱，指以DJ風格的廣播疏導交通的警察

④機動隊（きどうたい）：負責維安、防災的警察單位

⑤ケルト民族（ケルトみんぞく）：英語Celt。塞爾特人。也稱為凱爾特人、居爾特人

ジャンル2

政治・経済

消費税増税5%から8%に、そして10%へ

MP3 036

4月1日から消費税が5%から8%に上がった。直前の3月には、少しでも安く買っておきたいという消費者が増え、家庭の消費支出額が前年比で7.2%も増加した。いわゆる、①駆け込み需要という現象だ。今回の増税に関して、経済評論家や新聞などには、消費への影響は少ないとする見方もある一方で、76.5%の人が「増税後の日本経済の先行きに不安を感じている」という調査結果も出た。そもそも増税については②賛否両論ある。増税しなければ、医療保険や年金などの社会保障制度や震災地復興の財源が支えられないという意見もあれば、景気対策が優先で景気が良くなれば自然と税収は確保されるので、余計な増税は却って景気を悪くさせるだけという意見もある。③いずれにしろ、景気回復の④兆しが出ている微妙な時期での増税には、反対する人が多かったのも事実である。予定では、来年10月には、更に10%にまで消費税が引き上げられることになっている。果たして、不安は⑤拭い去れるのだろうか。

News 33

消費稅5%漲為8%，還要調到10%

4月1日起消費稅已由5%調漲至8%。許多消費者為了多少省點錢，都趕在前一個月先把東西買起來放，導致3月份家庭消費支出金額比前一年度大增7.2%，出現趕末班車搶購的現象。關於這次增稅，有些經濟評論家和報章媒體認為這對消費的影響不大，但另一方面，也有調查結果顯示：有76.5%的人「對於增稅後日本的經濟前景感到憂心」。增稅一事本來就有人贊成有人反對。有人認為如果不增稅，醫療保險和年金等社會福利制度，以及地震災區復興的財源都將無法確保；也有人認為應先設法提振景氣，景氣好轉，自然就能確保稅收，不必要的增稅反而只會使景氣惡化。不論如何，大多數人都反對在出現景氣復甦徵兆的敏感時期進行增稅，這也是事實。按照政府的計畫，明年10月消費稅將再調漲到10%。民眾的擔憂是否會有撫平的一天呢？

■單字

①駆(か)け込(こ)み需要(じゅよう)：指在漲價或停售之前湧現的大量需求

②賛否両論(さんぴりょうろん)：贊成和反對這兩種論調

③いずれにしろ：無論如何、不管怎樣

④兆(きざ)し：徵兆、兆頭

⑤拭(ぬぐ)い去(さ)れる：「拭(ぬぐ)い去(さ)る」指抹去、消除

オバマ米大統領　国賓として来日

MP3 037

米国のオバマ大統領が4月23日、①国賓として来日した。米国の大統領が国賓として来日するのは、クリントン氏以来18年ぶり。しかし、日本国内報道では、安倍首相とオバマ大統領が一緒に寿司を食べた話題や来日時の空港や道路の厳しい管制で人々が②困惑した話題が印象深く、盛大な歓迎③ムードは薄かったようだ。本来の日程が短縮され、夫人は同行せず、国賓恒例の諸行事参加も少なかったことが影響したとも言われる。日米関係の強固さを示そうという安倍内閣の思いに対し、実務重視のオバマ氏としては、晩餐会や恒例行事よりもTPP交渉や日韓問題や中国問題を進めたいという④ギャップがあった、或いは、中国の台頭、アメリカの存在感の弱まり、東アジア関係が複雑化する中で、かつてとは異なる対日意識や対米意識が出ているという見方もある。ただ、国賓としてにしろ、実務責任者としてにしろ、今回の米大統領来日は、その役割をどちらも十分に果たせず⑤中途半端な印象を残したようだ。

美國總統歐巴馬以國賓身份訪日

美國歐巴馬總統4月23日以國賓身份訪問日本。這是繼18年前柯林頓之後，第一位以國賓身份訪問日本的美國總統。然而日本國內的報導似乎只聚焦在安倍首相和歐巴馬一起吃壽司的事，還有歐巴馬來訪時機場與道路嚴格管制造成大眾不便，嗅不到多少盛大歡迎的味道。有人表示這是因爲本來的行程縮短，第一夫人沒有同行，又沒參加一些例行的國賓招待活動。有人則認爲是因爲安倍內閣一心想要展現美日關係的穩固，但務實的歐巴馬比較想討論TPP的談判、日韓問題、中國問題，而不是參加晚宴和例行活動，雙方想法分歧。也有人認爲是因爲現在中國崛起，美國存在感減弱，東亞關係日趨複雜，在這種局勢中，美國對日本的看法、日本對美國的看法也出現了變化。比較遺憾的是：這次美國總統訪日給人的印象，不管就國賓身份來看，或是就國家實際負責人的身份來看，這兩種角色似乎都沒有充分發揮。

■單字

①国賓（こくひん）：國賓。指正式來訪的外國國王、總統、國家主席等。接待規格最正式，含迎賓儀隊、與天皇晚餐等

②困惑（こんわく）：爲難、不知如何是好

③ムード：＝mood。氛圍、氣氛

④ギャップ：＝gap。分歧、隔閡

⑤中途半端（ちゅうとはんぱ）：指沒有完成，談不上很好，也不算太差。不夠徹底

News 35

東京での故宮博物院展、名称問題で開催①危ぶまれる

MP3 038

24日から東京国立博物館で開催予定だった台北の故宮博物院展。今回は、②門外不出の「翠玉白菜」が海外展に初めて出品される③とあって大きな話題を呼んでいた。ところが、直前の19日、ポスターやウエブサイト上の記載に、正式名称であるはずの「台北国立故宮博物院」から“国立”の文字が抜け落ちた“台北故宮博物院”という名称があることが台湾メディアによって発見され、同博物院、台湾政府ともに激しく抗議、一時は展覧会中止の可能性も出た。日本側は急遽修正を行ない、23日には謝罪の記者会見と開催式を開き、予定通りの開催に④漕ぎつけた。

今回の名称については、東京国立博物館はサイトや掲示物等で当初より“国立”を表記していたが、共同主催者であるメディア各社が慣例に従って展覧会公式サイトやポスターから“国立”を外したとのこと。政治的な⑤思惑が錯綜し混乱を招いた故宮展だったが、翌24日開催初日は雨にも関わらず、六千人以上の人が⑥詰めかけ約2時間待ちの大盛況となった。

News 35

故宮博物院赴東京展出　因名稱風波險撤展

原定24日起在東京國立博物館舉辦的台北故宮博物院展，這次因深鎖在故宮的「翠玉白菜」首次到海外，未展出已先轟動。然而19日這天，開幕在即，卻有台灣媒體發現海報和網站本該打上正式名稱「台北國立故宮博物院」，卻少了「國立」兩字，變成「台北故宮博物院」，故宮和台北政府強烈抗議，演變到可能撤展的局面。日方緊急修正，並於23日召開記者會公開道歉，再舉行開幕典禮，最後總算如期展出。

關於這次的名稱風波，據說東京國立博物館當初在網站和文宣上有打出「國立」兩字，是共同主辦的日本媒體依照慣例，在展覽會官網和海報上把「國立」兩字刪掉。這次的故宮展雖然因錯綜複雜的政治因素，引起不小的風波，但隔天24日開幕第一天，儘管下著雨，仍湧入六千人前來觀賞，出現了得排隊等2小時的盛況。

■單字

①危(あや)ぶまれる：「危(あや)ぶむ」指擔心不實現、憂心

②門外不出(もんがいふしゅつ)：珍藏著不拿出門（的收藏品）

③とあって：相當於「…というわけで」「…なので」，因爲

④漕(こ)ぎつけた：「漕(こ)ぎつける」指經過種種努力最後才達到（目標）

⑤思惑(おもわく)：念頭、想法

⑥詰(つ)めかけ：「詰(つ)めかける」指蜂擁而至

東京都議会で①セクハラ②野次

MP3 039

18日、東京都議会本会議中、野党所属の女性都議が妊娠出産に関する都の支援政策に関する質問を行なっていた際、「早く結婚しろ」、「産めないのか」などと野次が③浴びせかけられた。その後、女性都議がそのことを④ツイッターでツイート。すると、翌19日までに2万回を超えるリツイートがあり、東京都には1000件以上の抗議が届いたという。

23日になって、男性都議が発言は自分がしたと名乗り出て謝罪したが、認めたのは「結婚した方がいい」の発言で、その他の発言については否定している。実際、議会で飛び交った野次の声は複数人おり、与党側席から聞こえたというだけで、誰が何を言ったかは特定できていない。結局、この男性都議一人だけが世間から大きな非難を浴びる格好となったが、都議会に限らず国会でも、野次の習慣が以前から何度も問題視されてきている上に、今回はセクハラ野次。海外メディアでも大きく報じられてしまったが、これを機に、日本の議員たちの⑤悪しき習慣の改善を求める声も大きくなっている。

News 36

東京都議會爆言語性騷擾

18日在東京都議會全體大會上，一名在野黨女議員正在質詢都政府在懷孕生產方面的支援政策，卻遭人嗆聲：「妳快去結婚」「妳生不出來嗎」。事後，女議員把這件事上傳到推特，到隔天19日爲止被轉發超過2萬次，東京都也接到上千筆抗議。

到了23日，一名男議員出面道歉，表示發言的人是自己，但他只說了「妳去結婚比較好」，對於其他發言一概否認。事實上，當時在議會嗆聲的不只一人，但只聽得出來發言來自執政黨座位區，還無法揪出是誰說了什麼話。到頭來變成出面認罪的男議員一個人承受輿論的嚴厲指責。其實不只都議會，國會嗆聲的習慣也曾多次受到批評，而這次甚至是性騷擾的嗆聲。這回連海外媒體也大篇幅報導，有越來越多人都要求趁此改掉日本議員的這個壞習慣。

■單字

①セクハラ：「セクシャルハラスメント」＝sexual harassment。性騷擾

②野次（やじ）：在別人做事或發言時，大聲嘲笑、指責

③浴（あ）びせかけられた：「浴（あ）びせかける」在這裡指用言語攻擊

④ツイッター：＝Twitter，推特。「ツイート」＝tweet，指在推特上推文。「リツイート」＝retweet，縮寫爲RT，指轉載分享別人的推文

⑤悪（あ）しき：等於「悪（わる）い」。文言文「悪（あ）し」的連體形

「旅行収支」が44年ぶり黒字、外国人旅行者の増加で

MP3 040

財務省が9日に発表した国際収支速報で、「旅行収支」が44年ぶりに黒字に転じたことがわかった。訪日外国人が日本国内で使う金額から、日本人が海外で使う金額を①差し引いたものが旅行収支。4月の旅行収支が177億円の黒字となり、大阪万国博覧会の開かれた1970年7月以来の黒字。4月の訪日観光客は123万1500人で前年同月比33.4%増なのに対し、日本人の出国者数は119万人で4.4%減だった。訪日客増加の背景には、円安で日本旅行が②割安になり、東南アジア諸国を対象にビザの発行条件を緩和したという事情もあるようだ。

年1000万人の訪日客はGDP（国内総生産）を1.8兆円③押し上げるとされるが、政府は2020年までに訪日観光客を2000万人にまで増やす計画で、ビザ条件を緩和する対象国も更に拡大する方針。今回の発表によって、外国人観光客④誘致によって人口減少で⑤伸び悩む内需をカバーし、投資や雇用など地域経済を活性化させられるのではとの期待が高まっている。

外國遊客增加　「旅行收支」44年來首度轉虧爲盈

財務省9日發表國際收支速報，提到「旅行收支」44年來首度轉虧爲盈。旅行收支是把赴日外國人在日本國內消費的金額減去日本人在海外消費的金額。4月份的旅行收支爲順差177億日圓，這是1970年7月大阪世博會之後第一次出現順差。4月份赴日遊客123萬1500人，比去年同月增加33.4%，而日本的出國人數則爲119萬人，少了4.4%。赴日遊客增加，可能是因爲日圓貶值，到日本旅行相對便宜，還有日本對東南亞各國放寬了簽證條件。

有研究說每年1千萬人訪日，可增加1.8兆日圓的GDP（國內生產毛額），政府計劃到2020年時，赴日遊客人數要衝到2千萬人，也研擬再進一步增加放寬簽證條件的國家。看到這次公布的速報，很多人都期待政府招攬外國遊客，能增加因人口減少而停止成長的內需，也期盼能有投資與就業機會來振興地方經濟。

■單字

①差(さ)し引(ひ)いた：「差(さ)し引(ひ)く」指扣除、減去

②割安(わりやす)：相對便宜

③押(お)し上(あ)げる：推上去、托、拱

④誘致(ゆうち)：招攬（人或企業）

⑤伸(の)び悩(なや)む：停滯不前

集団的自衛権の行使容認を閣議決定

MP3 041

政府は7月1日、集団的自衛権の行使容認を閣議決定した。

日本は、武力行使放棄を①謳う②憲法第9条により、日本への直接攻撃に対する最小限の武力行使しか許されず（個別的自衛権）、自衛隊は防衛組織であり軍隊ではないと位置付けされてきたが、集団的自衛権が正式に認められれば、親密な他国が攻撃を受けた際にも武力協力できるようになる。

安倍晋三首相は抑止力強化や平和維持③に繋がると強調するが、世界情勢が大きく変わりつつある今、国民の中には、当然だと受け入れる人もいる一方、議論を十分にせず急ぎ過ぎだと反対する人も多い。憲法学者157人が「60年以上にわたって積み重ねられてきた政府解釈を、国会審議や国民的議論もなく一内閣の判断で④覆す暴挙」として連名で撤回要求声明を出してもいる。

安倍内閣が憲法解釈変更を急ぐ背景には、アメリカからの圧力があると言われ、他国の戦争に巻き込まれるのでは、と懸念する声も少なくない。

News 38

日本內閣決議允許行使集體自衛權

日本政府在7月1日的內閣會議中，通過允許行使集體自衛權。

日本憲法第9條明文規定放棄行使武力，因此日本過去只准許在日本遭到直接攻擊時，行使最小限度的武力（個別自衛權），自衛隊也被定位為防衛組織，而不是軍隊。若正式承認集體自衛權，意味著當有關係密切的國家遭受攻擊時，日本也可以出兵協助。

首相安倍晉三強調這可加強遏止力、維護和平。如今世界局勢變化多端，有些國民認為理應如此，但也有很多人反對，認為未經充分討論，操之過急。甚至有157名憲法學者聯名發表聲明，要求撤回。他們主張「沒有經過國會審議或全民討論，僅憑單一內閣，就推翻了超過60年累積而成的政府解釋，堪稱暴行」。

有人說安倍內閣急著更改憲法解釋，背後是美國在施壓，也有不少人憂心會被捲入其他國家的戰爭。

■單字

①謳う（うた）：明文規定、以文字明確記載、謳歌

②憲法第9条（けんぽうだい じょう）：日本憲法第2章「戦争の放棄（せんそう ほうき）」內容就只有第9條

③～に繋がる（つな）：與～有關聯、聯結到～、導致～

④覆す（くつがえ）：推翻

止まらぬ円安の流れ
日本経済へのマイナス影響懸念

MP3 042

9月9日午前の東京外国為替市場が一時、1ドル106円39銭まで下がり、①リーマンショック直後の2008年10月以来、約5年11カ月ぶりの円安ドル高水準となり、円は前月からの1カ月の間に約4円以上安くなった。

背景には、米国の金融②引締め政策による金利の引上げがある。ヨーロッパでは金融緩和によるゼロ金利政策が採られていることから、結果的に投資の流れがアメリカに向き、ユーロが売られドルが買われるようになったことが直接の原因で、ユーロ安ドル高の方が本質だともいう。

③いずれにしろ、円安の影響は④明暗が分かれ出している。昨年、訪日観光客数が一千万人を突破、円安でますます増える外国人観光客に活気付く観光業界に対し、運輸業を中心に製造業や卸売業などの中小企業では、燃料費や原材料コスト高騰が原因の倒産が昨年同時期の2倍にまで増加している。

9月30日時点で、1ドル109円41銭。⑤先行きの見えない円安に懸念の声が上がり始めている。

日圓跌跌不休　恐傷日本經濟

9月9日上午，東京外匯市場的日圓一度跌到1美元兌106.39日圓，這是繼雷曼兄弟破產事件發生的隔月，也就是2008年10月之後，5年11個月以來美元兌日圓的最高價位。日圓從前一個月起，才短短一個月，就下跌超過4圓。

背景因素是美國的貨幣緊縮政策導致升息。而此時歐洲卻因爲貨幣寬鬆，採取零利率政策，結果資金轉向美國，大家都賣歐元買美元，這才是日圓貶值的直接原因，從根本來說，主要是受到歐元跌美元漲的波及。

不論如何，日圓貶值的影響有好也有壞。去年訪日遊客的人數已突破一千萬人，日圓貶值帶來更多的外國遊客，觀光業一片欣欣向榮，相反地，製造業、批發業等中小企業，尤其是運輸業卻是苦不堪言，因燃料和原料成本暴增而破產的業者，是去年同期的2倍之多。

9月30日跌到1美元兌109.41日圓。未來日圓貶勢不知會有什麼變化，許多人開始感到憂心。

■單字

①リーマンショック：＝Lehman Shock（日製英語）。指美國雷曼兄弟公司破產引發的金融海嘯

②引締め（ひきしめ）：勒緊、緊縮

③いずれにしろ：不管怎樣

④明暗（めいあん）：好與壞

⑤先行き（さきゆき）：前景、將來

News 40

安倍内閣「秋の9連休」構想打ち出す

MP3 043

安倍内閣が「来年秋の9連休」構想を発表した。

これは祝日を増やし連休にするのではなく、有休（有給休暇）と組合わせ①大型連休にするというもの。

日本の有休消化率は39％で②主要24カ国中最下位。改善策として注目されたのが、今回の「秋の大型連休」構想。

観光庁の試算では、秋の大型連休による国内観光への経済効果は最大2兆3000億円。政府は観光振興による地域活性化と有休消化率の改善という“一石二鳥”を狙っているが、祝日を設けず大型連休を実現する構想に否定的な声は多い。

労働組合の無い企業での有休取得率は③上がり難い上に、一般企業にとって繁忙期の有休取得は困難、また、子供の学校も休みでなければ家族旅行は無理という事情がある。また、経済効果についても、大型連休だと国内よりも海外旅行へ行く人が増え、試算ほどの効果は生まないという見方もある。

有給休暇取得率引き上げの④きっかけとなるか、或いは、⑤恵まれた人しか享受できないものに終わるか、制度面での対策にかかっている。

News 40

安倍內閣提出「秋季9天連假」新構想

安倍內閣宣布新構想：「明年秋天9天連假」。

這個連假並不是增加國定假日而來的，而是要和帶薪假合起來放。

日本帶薪假的使用率39%，在24個主要國家中倒數第一。現在大家關切的改善方案，就是這個「秋季長假」構想。

根據觀光廳的試算，秋季長假在國內觀光方面，最高可創造2兆3千億日圓的經濟效益。政府認爲這是「一石二鳥」之計，可以帶動觀光振興地方經濟，又能提高帶薪假的使用率，但很多人持否定看法，認爲沒有設國定假日，很難眞正放長假。

事實上，在沒有工會組織的公司，一向很難提高帶薪假的使用率，而一般公司在業務的旺季，也很不容易申請到帶薪假，而且除非孩子就讀的學校也放假，不然怎麼全家出遊？再說到經濟效益，也有人認爲：有長假的話，出國旅遊的人會比在國內的多，經濟效益不會像試算那麼美妙。

這個構想會開始提高帶薪假的使用率，或者最後只有得天獨厚的一些人才能享用，那就要看制度面有什麼對策了。

■單字

①大型連休（おおがたれんきゅう）：比一般連假還久的長假

②主要（しゅよう）：位於核心，占有重要地位的

③上（あ）がり難（にく）い：難以提昇。動詞ます形加「難い」，指很難～

④きっかけ：契機、開端

⑤恵（めぐ）まれた：「恵（めぐ）まれる」指條件比其他人好

①リニア新幹線、国交相が着工認可 2027年開業目指す

MP3 044

10月17日、東海旅客鉄道（JR東海）が申請していた東京（品川）―名古屋間のリニア中央新幹線の工事実施計画が認可された。超電導リニア技術の高速鉄道導入は世界で初めてで、2027年の開業を目指す。総事業費5兆円にのぼる巨大②プロジェクトが国の基本計画決定から41年を経て動き出す。開業すれば、所要時間は最短40分。名古屋は東京の「郊外」となる。

かつて、東海道新幹線が開通し、大阪からヒト、モノ、カネが首都圏に吸い取られた「③ストロー現象」を懸念する声もあるが、2045年に全線開業すれば、東京－大阪間は67分。日本の人口の6割にあたる約7300万人が集まる世界最大のスーパーメガリージョン（超巨大都市圏）を形成、国内総生産（GDP）の7割に相当する約350兆円を生む巨大経済圏誕生に期待の声は大きい。

今後は、自然や環境の破壊、工事が生活に及ぼす危険性、駅のない地域はマイナス面しかない、といったまだ残る多くの批判や反対、不安にどう対処し解決していくかが鍵となる。

國土交通省批准施工　磁浮新幹線預定2027年通車

國土交通省10月17日批准了東海旅客鐵道（JR東海）所申請的東京（品川）－名古屋路段磁浮中央新幹線施工計劃。這項工程是全世界第一次把超導磁懸浮技術應用在高速鐵路上，計劃在2027年通車。這個總工程費高達5兆日圓的超大型計劃，從政府訂定基本計劃起，歷時41年，現在即將啓動。通車後，東京到名古屋最短40分鐘，到時候名古屋會變成東京的「郊區」。

當年東海道新幹線通車後，很多大阪的人、物、財都被吸去首都圈，有人憂心通車後也會出現這種「吸管效應」。也有很多人樂觀其成，因爲2045年全線通車後，東京到大阪只要67分鐘，可連結7300萬人，約日本人口的6成，形成世界最大的超巨型都會區，同時也是占國內生產毛額（GDP）7成，約350兆日圓的巨大經濟圈。

現在還有很多人擔心這項工程對自然與環境的破壞，認爲施工可能影響生活，未設車站的地區只有壞處沒有好處等等。該如何因應解決這些質疑、反對與擔憂，將成爲關鍵的問題。

■單字

①リニア：「リニアモーターカー」（linear motor car）的簡稱，指利用磁浮線型馬達驅動的列車

②プロジェクト：＝project。計劃、企劃

③ストロー：＝straw。吸管

安倍首相
消費税増税先送りと衆議院解散総選挙を表明

MP3 045

安倍晋三首相は11月18日の記者会見で、来年10月予定の消費税増税の①先送り、及び21日に衆議院を解散する旨を表明した。

当初予定では、今年4月に8%にした消費税率を来年10月には10%に引き上げるとしていたが、これを1年半後の2017年4月まで延期とするもので、前日17日に発表された7〜9月期のGDP（国内総生産）成長率が予想を大きく下回ったことや個人消費の②伸び悩みが明確になったことを③受けてのもの。

同時に、安倍首相は「国民生活にとって重い決断をする以上、国民に信を問うべきである」等と述べ、衆議院を解散し総選挙を行なう理由を示した。

衆議院解散総選挙については、与党野党、増税推進派反対派などなど様々な思惑が世論を④賑わせているが、「増税」だけでなく、これまで安倍政権が示して来た「集団自衛権」、「憲法改正」、「特定秘密保護法」、「北朝鮮の日本人拉致」といった重大課題への民意を問い、⑤引いては、世界的デフレの中、日本がデフレ脱却を目指すとする経済政策アベノミクスの成り行きを左右する重要な転機であることは間違いない。

News 42

安倍首相宣布消費稅延後調漲　解散衆院全面改選

安倍晉三首相在11月18日的記者會上宣布：原定明年10月調漲消費稅的計劃延後實施，並將於21日解散眾議院。

今年4月已調到8%的消費稅，原本預定在明年10月漲爲10%，現在將延至1年半後的2017年4月。主要是因爲就在前一天17日公布的7至9月GDP（國內生產毛額）成長率遠不如預期，而個人消費也顯然沒有成長。

安倍首相同時也說明爲何解散眾議院，進行全面改選：「要做攸關人民生活的重大決策，就應該問信於民」。

關於眾議院解散、全面改選一事，執政黨與在野黨、增稅的贊成派與反對派等，各家評論喧騰不已。可以確定的是：這次要確認民意所向的，不僅僅是「增稅」，還包括安倍政權一向主張的「集體自衛權」、「修憲」、「特定祕密保護法」、「北韓綁架日人問題」等重大課題，進一步來說，安倍經濟學主打要在全球通貨緊縮的情況下，帶領日本脫離通貨緊縮的困境，而這次選舉正是決定安倍經濟學走向的重要關鍵。

■單字

①先送り（さきおく）：延後

②伸び悩み（の　なや）：停滯不前，沒有成長

③受けての（う）：「動詞て形＋の」表示原因、條件

④賑わせている（にぎ）：「～を賑わせる（にぎ）」指讓～變得很熱鬧

⑤引いては（ひ）：甚至、進而

取締り（とりしま）で減少（げんしょう）するも ①後（あと）を絶（た）たない赤珊瑚（あかさんご）密漁（みつりょう）の中国漁船（ちゅうごくぎょせん）

MP3 046

小笠原諸島近海（おがさわらしょとうきんかい）で中国漁船（ちゅうごくぎょせん）による珊瑚（さんご）②密漁（みつりょう）の横行（おうこう）が深刻（しんこく）な問題（もんだい）となっている件（けん）で、中国政府（ちゅうごくせいふ）が漁船（ぎょせん）に帰港（きこう）を指示（しじ）していると日本側（にほんがわ）に通告（つうこく）してきたと11月（がつ）13日（にち）、政府関係者（せいふかんけいしゃ）が明（あき）らかにした。9月（がつ）から増（ふ）え続（つづ）け10月（がつ）30日（にち）には過去最多（かこさいた）の212隻（せき）が③押（お）し寄（よ）せた中国漁船（ちゅうごくぎょせん）。11月10日（がつとおか）の日中首脳会談（にっちゅうしゅのうかいだん）で、日本側（にほんがわ）が対策（たいさく）の強化（きょうか）を求（もと）めたことがキッカケとも見（み）られ、11月中旬（がつちゅうじゅん）④を境（さかい）に減少（げんしょう）。福建（ふっけん）、浙江両省（せっこうりょうしょう）では当局（とうきょく）による取締（とりしま）りが強化（きょうか）されたともいうが、密漁船（みつりょうせん）はまだ後（あと）を絶（た）っていない。

中国（ちゅうごく）では2010年（ねん）から珊瑚（さんご）の捕獲（ほかく）が禁止（きんし）され、高値（たかね）で取引（とりひき）される赤珊瑚（あかさんご）が不足（ふそく）。⑤一攫千金（いっかくせんきん）を⑥目論（もくろ）む漁民（ぎょみん）が日本領海（にほんりょうかい）に来（く）るようになったという。最高級（さいこうきゅう）の赤珊瑚（あかさんご）は1グラム当（あ）たり最高（さいこう）1万元（まんげん）（約（やく）19万円（まんえん））と金（きん）の約（やく）40倍（ばい）。昨年（さくねん）、日本近海（にほんきんかい）で赤珊瑚（あかさんご）を密漁（みつりょう）し、2億元（おくげん）（約（やく）38億円（おくえん））を稼（かせ）いだ船長（せんちょう）もいるという噂（うわさ）まで流（なが）れる。

海上（かいじょう）で売買（ばいばい）すれば現行犯逮捕（げんこうはんたいほ）されないという密漁（みつりょう）。世界的（せかいてき）にも貴重（きちょう）な生態系（せいたいけい）が破壊（はかい）され手遅（ておく）れになる前（まえ）の対策強化（たいさくきょうか）が求（もと）められている。

盜採紅珊瑚中國漁船
經取締數量減少但仍一再出現

中國漁船在小笠原諸島近海盜採珊瑚行逕猖獗，11月13日有政府相關人士透露：中國政府通知日本，中方已下令要求魚船回港。中國漁船的數量自9月起不斷增加，10月30日更是前所未見地瘋狂湧入212艘。可能是因爲11月10日在中日領導人會談時，日方要求中國加強取締，11月中旬之後漁船開始減少，據說福建、浙江兩省也已加強取締，但非法捕撈的漁船還是一再出現。

中國自2010年起禁採珊瑚，高價的紅珊瑚變得供不應求，於是開始有許多漁民跑來日本領海，想要一夕暴富。頂級紅珊瑚最高1公克可賣到1萬人民幣（約19萬日圓），大約是金價的40倍。甚至有一則流傳說：有個船長去年在日本近海盜採紅珊瑚，賺了2億人民幣（約38億日圓）。

據說非法捕撈如果是在海上交易，就不會被人以現行犯身分進行逮捕。在這個世界上極爲珍貴的生態系被破壞殆盡之前，應及時拿出更有效的對策。

■單字

①後（あと）を絶（た）たない：絡繹不絕、層出不窮

②密漁（みつりょう）：非法捕撈

③押（お）し寄（よ）せた：「押（お）し寄（よ）せる」指一擁而上、如蜂擁而至

④～を境（さかい）に：以～爲分界點

⑤一攫千金（いっかくせんきん）：形容不費力氣，一舉獲得鉅款

⑥目論（もくろ）む：企圖、策劃

News 44

米ファンドが温泉旅館チェーン「大江戸温泉」を買収

MP3 047

米大手投資ファンド・ベインキャピタルが2月13日、東京お台場の「大江戸温泉物語」を①筆頭に全国29か所で温泉施設とテーマパークを運営する大江戸温泉②ホールディングスの全株式を取得したと発表しました。

ベインキャピタルは、2011年にファミリーレストラン大手のすかいらーくを買収し経営再建を進めた実績があり、大江戸温泉は年間約500万人が利用、売上高は毎年30%成長という国内最大手の温泉旅館チェーンです。最近は外国人観光客の間で手軽に温泉気分を味わえるスポットとして大江戸温泉物語が③クローズアップされ、世界最大の旅行”④口コミ”サイト「トリップアドバイザー」でも、「外国人がクールだと評価した日本の観光スポット20」で「お台場大江戸温泉物語」が堂々5位に⑤ランクインしています。

ベインキャピタルは、観光立国を目指す日本の⑥インバウンド需要の増加を見込んで、今後一層の成長と株式上場を目指し、またアジアを中心とした海外でも温浴施設を展開する方針だということです。

美投資基金收購溫泉旅館集團「大江戶溫泉」

美國的大型投資基金——貝恩資本（Bain Capital）2月13日宣布已取得大江戶溫泉控股公司的所有股份。大江戶溫泉在全國有29處溫泉設施、主題樂園，最知名的是東京台場的「大江戶溫泉物語」。

貝恩資本曾於2011年收購連鎖家庭式餐廳雲雀（Skylark）並進行重建，成效不錯，而大江戶溫泉一年約有500萬人上門消費，營業額每年都有30%的成長，是日本國內最大的溫泉旅館集團。可以輕鬆體驗溫泉之樂的大江戶溫泉物語，近來成爲外國遊客眼中的熱門景點。在全球最大的旅遊評論網站TripAdvisor裡，「外國人覺得很酷的20個日本觀光景點」，「台場大江戶溫泉物語」就榮登第5名。

貝恩資本表示：日本以觀光立國爲目標，預估赴日旅遊的需求會增加，未來希望擴大經營並推動股票上市，也打算在亞洲其他國家設點經營泡湯設施。

■單字

①筆頭（ひっとう）：名單中的第一個

②ホールディングス：＝holdings。控股公司

③クローズアップ：＝close-up。特寫、近距離觀看，引申爲特別受注目

④口（くち）コミ：口耳相傳（的資訊）

⑤ランクイン：＝rank in（日製英語）。進入排行榜

⑥インバウンド：＝inbound。國外觀光客來本地

News 45

選挙権年齢を「18歳以上」に引き下げへ 2016年参院選適用目指す

MP3 048

自民、民主、公明、維新など与野党は2月17日、現在「20歳以上」の選挙権年齢を「18歳以上」に引き下げる公職選挙法の改正案を衆議院に提出することを決めました。

今期の①通常国会で成立する見通しで、2016年夏の参議院選挙から適用の予定。1945年に選挙権年齢が「25歳以上」から「20歳以上」になって以来70年ぶりの変更となり、240万人の未成年者が新たに有権者に加わります。

現在、世界の85％の国が18歳選挙権を導入、欧州では18歳から16歳への引き下げへの動きも広がっています。

若者を対象にした政策の充実、インターネットの活用、若い候補者の増加など、政治や選挙の形や質を変える可能性もあり、安倍晋三首相も「若者の声が政治に反映されることは大変意義がある」と期待を示しています。

一方で、飲酒喫煙年齢を20歳以上としていることや20歳以下の犯罪を未成年として少年法で②裁いていることなど、成人年齢そのものをどう③捉えるか議論も始まっています。

投票年齡降至「年滿18歲」 2016參議院選舉時可望生效

自民、民主、公明、維新等朝野政黨2月17日決定向眾議院提出公職選舉法修正案，把目前明定「年滿20歲」的投票年齡降爲「年滿18歲」。

這項修正案可望在本會期例行國會通過，2016年夏季的參議院選舉開始適用。1945年，日本的投票年齡由「年滿25歲」改爲「年滿20歲」，時隔70年，再次提出修正，將有240萬名未成年人新加入選民的行列。

目前全球有85%的國家都是18歲就有投票權，歐洲很多國家也都有人提議要從18歲降爲16歲。

這項法案很可能會改變政治與選舉的形式和內容，例如提出更多更好的青年政策、善用網路、增加年輕的候選人等等。首相安倍晉三也語帶期待地表示：「年輕人的意見能反映在政治上，是非常有意義的事。」。

另一方面，像法律規定年滿20歲才能抽菸喝酒，還有未滿20歲的犯罪者屬未成年，要依少年法審理，該怎麼認定成年的年齡，這個問題也開始引起廣泛的討論。

■單字

①通常国会（つうじょうこっかい）：每年1月中旬召開的定期國會，會期150天。簡稱「常会（じょうかい）」

②裁（さば）いている：「裁（さば）く」指裁判、審理

③捉（とら）える：領會、認識

News 46

北陸新幹線開業

MP3 049

3月14日、北陸新幹線が構想から50年の歳月を経て開業しました。これまでの東京—長野間（長野新幹線）を石川県の金沢まで延伸したもので、金沢—東京間が最速2時間28分、富山—東京間は2時間8分と、これまでより1時間以上の短縮となります。

金沢が代表する北陸は伝統工芸の盛んな地域。鮮やかな青に日本の伝統工芸を象徴する銅色のラインが描かれた車体のデザインは、フェラーリなど高級外車を①手掛けてきた日本人工業デザイナーが監修、車内には和を象徴する格子模様が随所にデザインされています。

新幹線開業による交通利便性の向上で、首都圏の企業を②誘致するチャンスも増え、地域の経済や観光が活性化することが期待されています。富山、石川県などの沿線各地では、観光地案内の標識整備、英語や中国語、韓国語での商品やサービス、食事メニューの表示など観光客の受け入れ準備を進めているほか、台湾など海外での③PR活動も行なうなど、周辺地域を越えた広域の観光④ルート作りへの⑤取り組みが始まっています。

北陸新幹線通車

從規劃至今，歷經五十個年頭，北陸新幹線終於在3月14日通車了。它把原本東京至長野的長野新幹線拉長到石川縣的金澤，東京到金澤最快只要2小時28分，東京到富山最快2小時8分鐘，比以前縮短了1個多小時。

北陸是一個傳統工藝興盛的地方，最具代表性的城市就是金澤。北陸新幹線的車廂外型以亮麗的天藍色爲基調，搭配象徵傳統工藝的古銅色線條，由曾多次參與法拉利等高級進口車設計的日本工業設計師負責監修，車廂內處處可見和風的方格設計。

新幹線的開通提高了交通的便捷性，也增加了自首都圈招商的機會，可望爲地方經濟及旅遊的發展注入新的活力。富山、石川縣等沿線各地，都在摩拳擦掌準備迎接遊客，包括整修觀光區的導覽標誌，在商品及服務、菜單上標示中、英、韓文等，同時也在台灣等海外地區展開行銷宣傳，開始打造一個不局限於周邊地區的大範圍旅遊路線。

■單字

①手掛(てが)けて：「手掛(てが)ける」指經手、親自上陣

②誘致(ゆうち)：招徠（顧客、遊客）、招（商）

③PR：＝public relations。指向大眾宣傳、行銷

④ルート：＝route。路線、路徑

⑤取(と)り組(く)み：指針對某事採取的措施、因應之道

アジアインフラ投資銀行
中国主導で仕組みづくり—日本は申請見送り

MP3 050

中国が主導する①アジアインフラ投資銀行（AIIB）の設立計画が3月31日、創設メンバーとなる為の申請期限を迎え、各国の②駆け込み申請が相次ぐ中、日本は参加を③見送りました。

当日最後に申請したのはノルウェーと台湾で、最終的に40カ国以上となり、今後は中国を中心に韓国やインド、オーストラリア、欧州主要国を含む40カ国以上でAIIBの仕組み作りを急ぐとしています。

日本は、初期段階から一貫して、④コーポレートガバナンス（企業統治）が無いことや出資の不透明性を理由にAIIB構想に否定的で、中国が出資率50％で、絶対的な発言権を持つ以上、アジア開発銀行のような情報開示や企業統治が不可欠だとしています。

AIIB参加を表明した国、特に英国を初めとする欧州諸国が米国の制止を⑤振り切って参加したのは、インフラビジネスに自国企業を関与させる思惑があると見られますが、同時に、アメリカが戦後作った国際金融システムが大きな転換点に来ているのかもしれません。

News 47

亞洲基礎設施投資銀行
中國主導籌組　日本暫不申請加入

在中國主導的亞洲基礎設施投資銀行（AIIB）成立計劃中，3月31日是創始成員的申請期限，各國都趕在最後一刻提出申請，而日本決定暫緩申請。

31日當天最後申請的是挪威和台灣，總計有超過40個國家申請，接下來將以中國爲中心，和這四十個以上國家緊鑼密鼓進行亞投行的籌組工作，這些國家包括韓國、印度、澳洲，還有歐洲幾個大國。

日本打從一開始就以沒有企業治理機制、出資不透明爲由，對亞投行的構想一直抱持否定的態度，認爲中國出資50%，擁有絕對的發言權，因此更需要像亞洲開發銀行一樣資訊透明化，要有企業治理機制。

表明加入亞投行的國家中，特別是以英國爲首的歐洲各國，他們不顧美國的制止加入，應該是想讓自己國家的企業能參與基礎建設工程，在這同時，戰後由美國一手建立的國際金融體系，可能正面臨著重大的轉捩點。

■單字

①アジアインフラ投資銀行（とうしぎんこう）：亞洲基礎設施投資銀行（Asian Infrastructure Investment Bank，AIIB），簡稱亞投行。インフラ是インフラストラクチャー（infrastructure，基礎建設）的縮略形

②駆（か）け込（こ）み：趕在最後一刻～

③見送（みおく）りました：「見送（みおく）る」在這裡指暫緩、觀望

④コーポレートガバナンス：＝corporate governance。企業治理機制、公司治理制度

⑤振（ふ）り切（き）って：「振（ふ）り切（き）る」原指甩開，引申指斷然拒絕

大阪都構想　住民投票行なわれる

MP3 051

5月17日、大阪市で「大阪都構想」の賛否を問う住民投票が行なわれ、僅差で反対が賛成を上回り、大阪市の存続が決まりました。

大阪市は、現在日本に20ある政令指定都市の1つ。人口70万人以上の大都市で、都道府県と同等の行政権と財源が認められる政令指定都市は、都道府県との間で所謂「①二重行政」による税金の無駄遣いが生まれ易くなります。

政令指定都市中最大の経済規模②を誇る大阪市。その二重行政解消の為、橋下徹大阪市長（大阪維新の会代表）が提唱する「大阪都構想」（大阪市を廃止し、5つの特別区にして大阪府の下に置き、東京都の23区のような形にする）の是非を問う住民投票でした。

直前まで推進派反対派の激烈な宣伝合戦が③繰り広げられ、66.83％という非常に高い投票率となり、その関心の高さが表われました。賛成・反対その差は僅か0.8ポイント。最終的には、福祉サービスの低下を④危惧する70代以上の高齢者層と低所得者が多い⑤とされる南部での反対票が結果に出たと言われています。

大阪都構想　舉行公民投票

5月17日大阪市針對是否同意「大阪都構想」進行公民投票，結果反對票比贊成票多了一點點，確定大阪市將繼續維持下去。

大阪市是日本現在20個政令指定都市之一。這些政令指定都市都是人口超過70萬的大都市，可擁有與都道府縣同等的行政權與財源，和都道府縣之間容易因所謂的「雙重行政部門」疊床架屋，造成稅金的浪費。

在所有的政令指定都市中，大阪市的經濟規模首屈一指。爲了消除這種雙重行政，大阪市長橋下徹（大阪維新會的黨魁）提出「大阪都構想」，希望廢除大阪市，改爲5個特別區，納入大阪府管轄，變成像東京都23區這樣的模式，並將此案交付公民投票表決。

一直到投票前，贊成派和反對派的宣傳戰都一直如火如荼的展開，投票率高達66.83%，可以看出大家關心的程度。贊成票和反對票只差了0.8個百分點。有人說最後會出現這樣的結果，是因爲南部反對票多，而南部被認爲有較多擔心社會福利變差的70歲以上高齡者和低收入者。

■單字

①二重行政（にじゅうぎょうせい）：指中央及都道府縣、市町村區這些不同層級的行政單位做相同的業務

②～を誇る（ほこる）：指有引以爲傲的～

③繰り広げられ（くりひろげられ）：「繰り広げる（くりひろげる）」指某事物或場景等一個接一個展開，多採被動式

④危惧（きぐ）：憂心、擔憂

⑤～とされる：被視爲～、被認爲是～

明治産業施設の世界遺産登録①勧告
中国・韓国②取り下げを要求

MP3 052

幕末から明治にかけての重工業施設を中心とした「明治日本の産業革命遺産」（福岡など8県）を③ユネスコの諮問機関・イコモスが世界文化遺産に登録するよう勧告したと日本政府が5月4日に発表しましたが、これを受けて、韓国および中国が「第2次大戦中に中国や朝鮮半島などから強制連行された労働者が働かされた施設が多数ある」と指摘、強く反対しています。

産業革命遺産は、「軍艦島」の通称で知られる長崎市の端島炭坑など23施設で構成され、三菱長崎造船所などが導入、以後100年以上にわたって稼働し続けている現役の施設を含むのが特徴です。

日本が明治維新以降、西洋文明を吸収し、アジアで初めて産業革命を成し遂げたことに意義があり、時期も第二次大戦以前の事なので戦争とは無関係という日本側に対し、施設が戦争の中で重要な役割を果たしたとする中韓の主張が対立しています。

6月下旬にドイツ・ボンで開かれる世界遺産委員会で正式に決まる見通しですが、現在、政府間での交渉が続いています。

明治工業設施申請列入世界遺產　中韓要求撤消

「明治日本的工業革命遺產」是一些江戶幕府末期至明治時代，以重工業為主的設施，分散在福岡縣等8個縣。日本政府5月4日宣布：聯合國教科文組織的諮詢機構ICOMOS（國際文化紀念物與歷史場所委員會）建議申請將之列入世界文化遺產。韓國和中國對此表示強烈反對，認為「這些設施當中，有很多在二次大戰時曾於中國及朝鮮半島等地強行徵用奴工」。

工業革命遺產涵蓋23個設施，包括俗稱「軍艦島」的長崎市端島煤礦，這些都是當年由三菱長崎造船所等企業開始經營的，有些設施歷時超過百年，至今仍在運作。

日方表示：這些設施代表日本自明治維新之後，積極吸收西洋文明，在亞洲第一個實現工業革命，具有重要的意義，而且建設的時間又是在二次大戰以前，跟戰爭無關，中韓兩國則認為這些設施在戰爭中扮演重要的角色，雙方僵持不下。

這個申請案預估將在6月下旬德國波昂的世界遺產委員會正式定案，目前相關國家還在持續進行交涉。

■單字

①勧告（かんこく）：在此指行政機關對人民或其他行政機構提出作為參考的意見

②取（と）り下（さ）げ：撤消、撤回

③ユネスコ：UNESCO。United Nations Educational , Scientific and Cultural Organization的縮寫。聯合國教科文組織

水族館イルカの入手法　国際組織から警告
国内からは不満の声

MP3 053

①追い込み漁（和歌山県太地町）で捕獲したイルカを水族館が入手するのは問題だとして、世界動物園水族館協会が日本を除名処分にすると5月初めに通告してきた問題で、日本動物園水族館協会は5月20日、通告に従って追い込み漁によるイルカ入手を禁止し、国際組織へ②残留すると発表しました。

この決定には、賛同もある一方、「かわいそうと言うならなぜ牛や豚を殺すのはかわいそうじゃないのか」「日本の伝統を否定している」「漁は日本の文化で、非難される③いわれはない」「何が残酷なのか具体的な説明はないし、科学的な根拠もない。感情論で④押し切られた」といった困惑や怒りの声も出ています。

追い込み漁は、複数の漁船でイルカが嫌がる金属音をたて、群れを湾内に追い込み、捕獲する漁法で、デンマーク領のフェロー諸島、ソロモン諸島などでも行われています。日本の追い込み漁だけは、捏造された⑤ドキュメンタリー映画がきっかけで世界から批判が上がっており、今回の件も含め、反捕鯨団体からの圧力があったと言われています。

News 50

水族館購買海豚方式遭國際組織警告 引發國內批評

水族館購買以「驅趕漁法」（和歌山縣太地町）捕獲的海豚引爆爭議，世界動物園水族館協會於5月初發出通知，表示要開除日本的會籍。日本動物園水族館協會5月20日宣布將遵循通知的內容，禁止水族館購買驅趕漁法捕獲的海豚，以保留在國際組織的會籍。

這個決定有人表示肯定，也有人抱屈甚至忿忿不平地表示「要說可憐，爲什麼殺牛殺豬就不可憐？」「這是在否定日本的傳統」「捕魚本來就是日本的文化，沒道理要被人指指點點的」「也沒有具體說明是哪裡殘酷，又沒有科學的根據。根本就是感情用事的蠻橫要求」。

驅趕漁法的做法是幾艘漁船放出海豚討厭的金屬聲，把成群的海豚驅趕到海灣裡加以捕捉。像丹麥所屬的法羅群島、索羅門群島等地也有人這麼做。唯獨日本的驅趕漁法自從一部內容不實的紀錄片出現後，就飽受全世界的抨擊，據說包括這次的事在內，都有反捕鯨團體從中施壓。

■單字

①追(お)い込(こ)み：驅趕使其進入

②残留(ざんりゅう)：這裡指留下

③いわれ：緣故、理由

④押(お)し切(き)られた：「押(お)し切(き)る」指不顧反對硬幹到底

⑤ドキュメンタリー：documentary。記錄事實的作品，如紀錄片

安倍政権

安全保障関連法案を衆議院で強行採決

MP3 054

安全保障関連法案が7月16日、衆議院①本会議で多くの野党が退席や欠席する中、採決されました。今後は参議院での議論に移ります。

この法案のポイントは、集団的自衛権行使の解禁にあります。集団的自衛権は国連憲章が認める当然の権利だとは言え、戦争放棄を②謳った日本国憲法上では違憲。しかし、安倍晋三首相は「日本を③取り巻く安全保障環境は厳しさを増している。日本国民の命を守り、戦争を防ぐ為に絶対に必要な法案だ」としています。

一方、集団的自衛権では、自国防衛だけの個別的自衛権に比べ「自衛」の範囲は広がり、戦争に繋がる懸念から、反対の声も強まっており、国会前での大規模な④デモの他、各地で市民や学生らによる抗議活動が行なわれ、世論調査では内閣支持率が急落、不支持率は過半数に達しています。

安倍政権が安保法案成立を急ぐのは、「夏までに成立させる」とした米国との約束があるからとも言われており、米国の新聞では「日本の法案の成立を前提に、米政府は2016年度軍事予算を設定した」「米陸軍4万人を削減し、自衛隊に補填させる予定」と報じているとのことです。

安倍內閣於衆議院強行通過安全保障相關法案

7月16日的眾議院院會，在多數在野黨退席或缺席的情況下，通過了安全保障相關法案。接下來將交付參議院審議。

這項法案的重點在於對集體自衛權的行使進行解禁。集體自衛權是聯合國憲章認可的應有權利，然而在言明放棄戰爭的日本憲法中卻是違憲的。不過安倍晉三首相主張「日本周遭的安全保障環境日益險峻。為了守護日本國民的生命、防止戰爭的發生，這項法案是絕對需要的。」

另一方面，跟只保衛本國的個別自衛權相比，集體自衛權的「自衛」範圍更廣，恐怕會造成戰爭，因此反對的聲浪也越來越大，不但在國會前有大規模的示威抗議，各地也都有民眾或學生組織的抗議活動，民調顯示內閣支持率驟降，不支持率過半。

有人說，安倍內閣之所以急著通過安保法案，是因為已答應美國「夏季結束前通過」。據說美國有報紙報導「美政府以日本法案通過為前提，訂定2016年度軍事預算」、「美國陸軍預定裁減4萬人，由自衛隊補足」。

■單字

①本会議（ほんかいぎ）：全體議員出席的正式會議

②謳（うた）った：「謳（うた）う」指明文記載

③取（と）り巻（ま）く：包圍、環繞

④デモ：示威活動。「デモンストレーション」（demonstration）的簡稱

News 52

成長戦略の目玉「カジノ法案」今国会での成立を断念

MP3 055

安倍内閣による成長戦略の①目玉ともされていた「カジノ法案」について、今国会での成立を断念し、先送りすることを自民党幹部が8月11日、明らかにしました。安倍政権の最重要課題である安全保障関連法案の成立を優先せざるを得ないとの判断によるものです。

カジノ法案とは、統合型リゾート（Integrated Resorts 略称IR）を解禁する法案の通称で、統合型リゾートとは、カジノの他、ホテル、劇場、パーク、ミュージアム、また、会議、研修、コンベンション、イベント等の施設を一つの区域に含む統合施設のこと。カジノは大きな経済効果もある反面、ギャンブル依存症や②マネーロンダリングなどの犯罪を生み易いというマイナス面が③付き纏います。そこで導入され始めているのがIR。アジアでは今、観光振興や雇用創出を掲げてIR導入を目指す動きが目立っており、昨年、安倍首相もシンガポールのIRを視察し「日本の成長戦略の目玉になる」と語りました。

将来にわたる経済効果の④見極めと同時にマイナス面への懸念を払拭できるかどうかが鍵となります。

成長戰略重頭戲「賭場法案」　本期國會通過無望

自民黨幹部8月11日公開表示：一度被視爲安倍內閣成長戰略重頭戲的「賭場法案」將順延，不在這一期國會闖關，因爲他們衡量必須優先通過安倍政權最重要的課題——安全保障相關法案。

賭場法案是綜合渡假村（Integrated Resorts，簡稱IR）鬆綁法案的通稱。所謂的綜合渡假村，裡面除了賭場以外，還有飯店、劇場、公園、博物館，以及開會、研習、大型會議、活動等相關設施。賭場雖有巨大的經濟效果，但也有甩不掉的負面影響，如賭博成癮，也容易發生洗錢等犯罪。因此一開始要引進的是IR。現在亞洲有很多地方都打算引進IR，主張以此振興觀光、創造就業機會，去年安倍首相也視察過新加坡的IR，並表示「這將成爲日本成長戰略的重頭戲」。

現在的關鍵是：要能精準算出未來的經濟效果，同時也要看是否能消除大家對負面影響的疑慮。

■單字

①目玉（めだま）：眼珠。也指特別引人注目的事物

②マネーロンダリング：＝money laundering。洗錢

③付き纏（つきまと）います：「付き纏（つきまと）う」指甩不掉、擺脫不了（不好的事物）

④見極（みきわ）め：看清、看透（眞假好壞）

米の盗聴疑惑、日本は抑制対応 他国は首脳が直接抗議

MP3 056

①内部告発サイト「②ウィキリークス」が7月31日、アメリカの情報機関③NSA（米国家安全保障局）が少なくとも2006年頃から日本の政府機関などの盗聴を試みていたと、米政府の関連文書を公開したことに対して、安倍首相は8月4日、「仮に事実であれば同盟国として極めて遺憾だ」と述べました。

しかし、同じく盗聴疑惑が出た欧州や南米の国々が、オバマ大統領に直接説明を要求したり首脳の訪米を延期したりしたのとは対照的な日本政府の対応に、国民から疑問の声が上がっています。

盗聴の対象には内閣府や経済産業省、官房長官や日銀総裁、大手商社など民間企業も含まれているといいます。

米国政府は、盗聴の有無には言及せず、「情報活動は、常に米国と同盟国、パートナーの安全保障上の必要性に重点を置いている。日本は米国の④強固な同盟国だ」と強調しています。ただ、今回公表したNSAの活動内容は経済や環境関連で、米側が情報収集を正当化してきた対テロや安全保障とは結び付き難いという指摘もされています。

News 53

美國竊聽疑雲　日本低調反應　他國元首直接抗議

由內部人士爆料的網站「維基解密」7月31日公開美國政府的相關文件，顯示美國情報機構NSA（美國國家安全局）至少從2006年起，就一直嚐試竊聽日本的政府機關和企業。對此，安倍首相8月4日表示「假如這是事實，身爲同盟國，我們感到極度遺憾」。

然而同樣有竊聽疑雲的歐洲和南美各國，有的是直接要求歐巴馬總統提出解釋，有的則是延後元首訪美行程，日本政府的反應與之形成對比，引發日本國民質疑的聲浪。

據說竊聽的對象包括內閣府和經濟產業省、官房長官、日銀總裁，還有大商社等民間企業。

美國政府對於是否竊聽避而不談，只強調「我們的情報活動，重點永遠都是美國和同盟國、合作夥伴安全所須。日本是美國堅定的同盟國。」但也有人指出，這次公布的NSA活動內容，都是經濟和環境方面的，跟美國一向把收集情報正當化的反恐及安全保障等理由很難扯上關係。

■單字

①内部告発（ないぶこくはつ）：組織內部的人揭發組織的弊案

②NSA：National Security Agency的縮寫。美國國家安全局

③ウィキリークス：＝WikiLeaks。維基解密

④強固（きょうこ）：堅定穩固

ファミマ、サークルKサンクスと統合
コンビニ３強時代へ

MP3 057

コンビニエンスストア業界３位のファミリーマート（略称：ファマ ミマ）と4位のサークルK、5位のサンクスを傘下に持つ流通大手のユニーグループ・ホールディングスは10月15日、①経営統合に合意したと発表しました。

統合によって、営業収益では国内3位となる巨大流通グループが誕生。コンビニの国内店舗数でも約1万8千店となり、業界首位のセブンーイレブンと肩を並べ、これまで2位のローソンと共に「コンビニ3強時代」に②突入します。

統合の背景には、店舗網拡充が業界での生き残りに決定的な意味を持つことがあります。店舗数が多く販売力が高いほどメーカーとの連携がし易くなり、独自商品の開発にも有利になります。また、税金や公共料金の支払い、荷物の受け取りなど社会③インフラとしての役割も増え、更に、ネット通販や物流会社など他業界との連携で利便性や集客力を高める為にも、巨大な店舗網が不可欠だと言われます。

こうした競争の激化を通じて、新たな商品やサービスが生まれることが期待されています。

日本全家與Circle K Sunkus經營統合 超商進入三強鼎立時代

日本第3大超商全家便利商店與旗下擁有第4大超商OK便利店（Circle K）及第5大超商Sunkus的流通業巨頭－生活創庫（UNY）控股公司，雙方10月15日宣布達成協議，將進行經營統合。

這兩家公司統合後，將成爲營收排名日本第3的巨大流通集團，在日本的超商門市就多達1萬8千家，與業界第一的7-11並駕齊驅，再加上之前排名第2的羅森（LAWSON），超商將堂堂邁入三強鼎立的時代。

統合的原因之一，是因爲擴大店鋪網路，對於超商的生存具有決定性的意義。門市越多，銷售力越強，就越容易跟廠商合作，也有利於開發獨家商品，還能強化繳稅、繳公共事業費、領包裹等社會基礎設施的功能。而且要和網購及物流公司等其他行業合作，提高便利性和集客力，巨大的店鋪網路也是不可或缺的。

我們期待在如此的激烈競爭之下，能產生更多新的商品和服務。

■單字

①経営統合（けいえいとうごう）：兩家以上的公司共同成立控股公司，一起加入旗下，等於擁有同一個母公司，但仍保有各自的資本和組織

②突入（とつにゅう）：進入（某種重大事態）

③インフラ：「インフラストラクチャー」（infrastructure）的簡稱。基礎建設、基礎設施。指從事經濟活動及社會生活所需的基礎設施

ジャンル3

文　化

坂本竜馬暗殺直前の手紙が偶然発見される

MP3 059

坂本竜馬。日本の幕末の歴史に大きな役割を①果たした人物の一人。外国列強に呑み込まれない為に、開国し先進的な西欧文明を取り入れ、世界と②互角に渡り合うことが大事と訴え、幕末の重要な場面に大きく関わった人物だったが、明治維新の前に暗殺された。日本で最初の株式会社を作った人、また日本で最初に新婚旅行に行った人としても知られる人物で、さまざまな小説や映画、ドラマでも描かれている。

その坂本竜馬が暗殺される直前に書いた手紙が③このほど見つかったのだが、その価値も④さることながら、発見の⑤経緯が大きな話題となっている。実は、あるテレビ番組の中で、路上で家庭の主婦にインタビューをしていて、たまたま話題に出たのがきっかけ。その主婦の父親が30年前に1000円で買い、そのままテーブルの上に置きっ放しになっていたという。その主婦は偽物だと思い込んでいたのだが、番組が鑑定に出したところ、本物だと判明。1500万円の価値があることが分かり、その意味でも話題となっている。

News 55

坂本龍馬遭暗殺前親筆信函意外問世

坂本龍馬是日本幕府末期歷史上的重要人物之一。他爲了不讓日本遭外國列強呑噬，大聲疾呼要開國引進先進的西歐文明，與世界相抗衡，在幕府末期的重大時刻扮演關鍵性的角色，但卻在明治維新前遭到暗殺。大家耳熟能詳的還包括：他是日本第一個成立股份有限公司的人，也是日本第一個去蜜月旅行的人。他的生平事蹟經常被寫成小說、搬上大銀幕及電視。最近他被暗殺前所寫的一封信問世。這封信的價值自不待言，而它被發現的經過更是爲人津津樂道，因爲它是某個電視節目在街上訪問一位家庭主婦，恰巧成爲話題而意外發現的。她的父親大約30年前以1000日圓買下這封信，之後就一直放在桌上沒動過。她一直以爲這封信是贗品，結果節目把它送去鑑定後發現是眞跡，價值1500萬日圓，也因此成爲發燒話題。

■單字

①果(は)たした：「果(は)たす」在此指發揮（功能、作用）

②互角(ごかく)に渡(わた)り合(あ)わう：勢均力敵對抗

③このほど：最近

④さることながら：指前面提到的自然不用說了，不僅如此

⑤経緯(けいい)：來龍去脈、經過的情形

高円宮典子さま婚約内定
出雲大社の千家国麿さんと

MP3 060

宮内庁は5月27日、高円宮家次女、典子女王殿下のご婚約が①内定したと発表した。典子さまは25歳、大正天皇の曾孫に当たる。お相手は出雲大社②禰宜・千家国麿さん40歳で、千家家は代々出雲大社の③宮司を務めている。今秋に出雲大社で挙式の予定。皇族女子が結婚で皇籍を離れるのは、天皇皇后両陛下の長女、黒田清子さん以来、9年ぶり。

皇室と出雲大社の縁は神話の時代にまで遡る。皇室の始祖・天照大神が出雲国を大国主命から譲り受け、代わりに出雲大社が建造され、天照大神の次男・天穂日命が派遣され大国主命に④仕えた。以後、天穂日命の子孫が代々「出雲⑤国造」として出雲大社の祭祀を司り、その第85代目が千家国麿さんだ。昨年、皇室の氏神・天照大神を祀る伊勢神宮の⑥遷宮（20年に一度）と、出雲大社の遷宮（60年に一度）が重なったことに続く、奇縁だと話題を集めている。

高圓宮典子傳喜訊　將與出雲大社千家國麿訂婚

宮內廳5月27日宣布：高圓宮的次女典子女王殿下即將訂婚。典子今年25歲，是大正天皇的曾孫女。她訂婚的對象是出雲大社的禰宜——40歲的千家國麿。千家家族代代都擔任出雲大社的宮司。兩人預定今年秋季在出雲大社舉行婚禮。繼9年前天皇與皇后陛下的長女黑田清子之後，典子也因結婚而脫離皇籍。

皇室和出雲大社之間的關係可以追溯至神話時代。皇室的始祖——天照大神從大國主命手中接管出雲國，相對地爲他建造出雲大社，並派自己的次男天穗日命去服侍大國主命。後來天穗日命的子孫世世代代都以「出雲國造」的身份掌管出雲大社的祭祀工作，第85代傳人正是千家國麿。去年奉祀皇室祖先天照大神的伊勢神宮舉行遷宮儀式（20年1次），巧的是出雲大社的遷宮（60年1次）也在同一年，再加上這個訂婚的消息，雙方奇特的緣分讓大家都津津樂道。

■單字

①内定（ないてい）：指內部決定，尚未正式公告，也指決定

②禰宜（ねぎ）：神職人員的職稱，位於「宮司（ぐうじ）」之下

③宮司（ぐうじ）：神社最高階的神官。神社的負責人

④仕（つか）えた：「仕（つか）える」指服侍、爲～服務

⑤国造（くにのみやつこ）：日本古代統治地方的官名，採世襲制。7世紀中葉大化革新後，變成只掌管祭祀

⑥遷宮（せんぐう）：指神社本殿因營建修繕，請神明移駕

News 57

ドラえもん全米①デビュー

MP3 061

1979年に放送スタートし、35の国と地域で放送され、ヨーロッパやアジアを中心に絶大な人気のアニメ『ドラえもん』が、アメリカでも今夏から放送されることとなった。『ディズニーXD』という全米7800万世帯で視聴可能なアニメ専門チャンネルで、厳選した全26話が②オンエアされる。

これまでアメリカで放送されなかったのは、怠惰で弱虫なのび太は主人公として相応しくない、ジャイアンのいじめが否定されていない、お母さんの叱り方が愛情不足、しずかちゃんが③ステレオタイプな女の子である…などの理由があったらしい。つまり、今回の放送決定の背景には、アメリカ社会や価値観の変化があるというが、実際の放送では、日本版そのものではなく、アメリカの架空の町の物語となり、のび太一家はナイフとフォークで食事をし、登場人物の名前はもちろん、個性もアメリカ④に馴染むように変わるとのこと。これに対し諸外国のファンからは「思い出が壊れる」、「そこまで⑤オリジナル部分を削除する必要は無い」…などの声も挙がっているという。

哆啦A夢全美首播

「哆啦A夢」1979年開播至今，已在35個國家與地區播放，風靡了歐洲、亞洲等地，今年夏天將進軍美國，在全美可收視戶數達7800萬的動畫頻道「迪士尼XD」播放26回精選集。

據瞭解，過去未曾在美國播出，是因爲他們認爲懶惰膽小的大雄不配當主角，胖虎欺負弱小的行爲沒有被否定，媽媽責備的方式缺乏母愛，靜香形象太過刻版等等。這次決定播放，據說是因爲美國的社會和價値觀有了改變，但實際播放的並不是原來的日本版，故事的背景是一個美國虛構的城鎮，大雄一家人用刀叉吃飯，不只角色的名字改了，連個性也改走美國風。這引起各地外國粉絲的批評，說「美好回憶毀了」、「何苦把原創的部分刪到這種程度」。

■單字

①デビュー：初次登台、亮相

②オンエア：＝on air。（在電視、廣播）播放

③ステレオタイプ：＝stereotype。刻版印象

④～に馴染(なじ)む：與～調和、溶入其中，不會覺得格格不入

⑤オリジナル：＝original。原創、獨創

富岡①製糸場
日本で18件目の世界遺産正式登録

MP3 062

②ユネスコの世界遺産委員会は21日、群馬県の「富岡製糸場と絹産業遺産群」の世界文化遺産登録を決めた。これにより、日本の世界文化遺産では、昨年の富士山に続いて14件目の登録。自然遺産も合わせると18件目の世界遺産となり、日本の近代の産業遺産としては初めての登録となった。

富岡製糸場は1872年に③殖産興業の為に作られた官営の製糸工場。フランスから導入した技術を改良、地域の養蚕業の伝統を融合させ、独自の大量生産システムを作り上げ、世界最高水準の日本製生糸が世界を席巻するきっかけを作った。ユネスコの諮問機関・国際記念物遺跡会議（④イコモス）も「世界の絹産業の発展と消費の大衆化をもたらした象徴的施設」とし、更に「生糸産業の技術革新を成し遂げ、日本が近代工業化世界の⑤仲間入りする鍵となった」などと高く評価していた。

この富岡製糸場と共に周辺市町村にある近代養蚕農家家屋、養蚕技術の教育機関、蚕の卵の貯蔵施設などが絹産業遺産群として登録された。

News 58

富岡製絲廠　正式列入日本第18處世界遺產

聯合國教科文組織世界遺產委員會21日決議，將群馬縣的「富岡製絲廠及絲綢產業遺產群」列入世界文化遺產。這是繼去年入選的富士山之後，日本第14處世界文化遺產。如果把自然遺產也算進來，則是第18處世界遺產，它也是首度入選的日本近代產業遺產。

富岡製絲廠是1872年「殖產興業」計劃中設立的國營製絲廠。這個製絲廠改良自法國引進的技術，並融入地方養蠶業的傳統，打造出獨家的大量生產系統，開啓了世界最高品質日本生絲風靡全球的時代。聯合國教科文組織的諮詢機構—國際古蹟遺址理事會（ICOMOS）也給予極高評價，認爲「這是一個具象徵性的機構，它促成了全球絲綢產業的發展與消費的大眾化」，更讚揚「它實現了生絲產業的技術改革，是日本躋身近代工業化國家的關鍵」。

富岡製絲廠附近的近代養蠶農舍、教導養蠶技術的機構、蠶卵貯藏設備等，也都納入絲綢產業遺產群，一併列入世界遺產。

■單字

①製糸（せいし）：製造蠶絲

②ユネスコ：＝UNESCO。聯合國教科文組織

③殖産興業（しょくさんこうぎょう）：意思是增產興業，專指明治政府爲推動日本現代化而實施的相關經濟政策

④イコモス：＝ICOMOS（International Council of Monuments and Sites），國際文化紀念物與歷史場所委員會，或譯爲國際古蹟遺址理事會

⑤仲間入り（なかまいり）：指加入成爲其中的一員

音や色などの商標も来年5月から登録可能に

MP3 063

商標法が改正され、来年5月から音も商標登録が可能になるのに合わせ、①特許庁が音の審査基準方針を固めたことが7月19日わかった。

様々な商品やサービスあるいは企業や組織等は、②ブランドイメージを守り、消費者に他のものと区別してもらう等の目的で、名称やロゴ、③シンボルマークなどの商標登録を行なっている。これまで日本では、形のある文字やロゴしか商標登録できず、企業がCMなどで使用した短い音は盗用されても権利を訴えるのが難しく、世界的潮流に合わせ改正を求める声が多かった。しかし今後は、音や色、動きや位置、④ホログラムなども登録対象となる。

今回、特許庁は音の審査に備え、審査官約140人を対象に楽譜の読み方や音声聞き分けの研修を実施するほか、音楽の専門家の登用も検討しているという。音の商標の中には、ウインドウズ（Windows）の起動音のような機械音、更には、お笑い芸人の⑤一発芸の音なども登録可能ということで注目を集めている。

聲音和顏色等商標明年5月起可申請註冊

日本商標法修訂後，明年5月起聲音也可申請商標註冊，商標局配合這項政策，於7月19日擬定聲音審查標準的基本方針。

各種商品、服務或是公司行號、組織，他們基於維護品牌形象，提供消費者辨別等目的，都會把名稱或名稱的文字商標、圖形商標等申請註冊。日本以前只限有形的文字或文字商標可以註冊，企業在廣告中使用的一小段音聲就算遭人盜用，也很難追究權利損失。針對這一點，有許多人都要求應順應世界潮流進行修法，如今聲音、顏色、動作、位置、立體圖像等，都即將可以申請註冊了。

據說商標廳爲了因應未來進行聲音審查，將安排約140名審查官參加研習，學習認樂譜、分辨音聲，並研擬聘任音樂專家擔任相關職務。聲音商標中，不只Windows開機音樂之類的機械聲音，連搞笑藝人極短篇表演的聲音也都可以申請註冊，引發廣大關注。

單字

①特許庁（とっきょちょう）：隸屬於經濟產業省，處理發明、商標等事務的機關，功能類似經濟部的智慧財產局

②ブランドイメージ：＝brand image。品牌形象

③シンボルマーク：＝symbol mark（日製英語）。（活動或企業等的）代表圖案

④ホログラム：＝hologram。立體圖像、全像圖

⑤一発芸（いっぱつげい）：指逗趣的極短表演

News 60

世界大学①ランキング発表
東京大学23位　日本勢後退

MP3 064

10月１日、今年度の世界大学ランキングが発表された。世界一は4年連続でアメリカのカリフォルニア工科大で、12位まではアメリカとイギリスの大学。トップ200では、日本からは23位の東京大学を②筆頭に計5校が入った。

これは、③数ある"世界大学④ランキング"の中でも、権威の高い英国の教育専門誌『タイムズ・ハイヤー・エデュケーション』が発表する世界大学ランキング。研究内容、論文引用回数、教員1人当たり学生数、国際化など、13の要素に基づき順位付けされる。

今回、東京大学はアジア首位の座を保ったが、一方で、アジア各国の大学が順位を上げ、日本の他大学は何れも順位を下げる形となった。

こうしたランキングには、正確性への疑問や欧米に有利な評価基準だという批判もあるが、国際化が不可欠とされる今、無視できないのも事実。

日本政府は今後10年間で世界大学ランキング100位以内に10校以上を④ランクインさせる目標を掲げ、文科省も大学の国際化を支援する「スーパーグローバル大学」37校を選定するなど、大学教育の改革と国際化に向けた動きも始まっている。

世界大學排名　東京大學23名　日本大學名次下滑

10月1日，今年的世界大學排名出爐了。第一名是連續4年蟬聯冠軍的美國加州理工學院，第12名以上都是美國和英國的大學。在前200名當中，日本以名列23的東京大學爲首，有5所大學上榜。

世界大學排名有很多版本，這次是由相當具權威性的英國教育期刊《泰晤士高等教育》所公布的世界大學排名，評分的根據包括研究內容、論文引用次數、師生比、國際化等13項指標。

這次東京大學保住了亞洲龍頭的地位，但亞洲其他國家的大學排名上升，導致日本其他大學的排名全都往下掉。

有人質疑這種排名的準確性，也有人批評說評分的基準對歐美國家比較有利，但如今國際化勢在必行，確實也不能置之不理。

日本政府訂定目標，計劃在未來10年內，讓日本超過10所大學擠進全球百大，文部科學省也選出37所「超級全球化大學」，支持大學推動國際化，大學教育的改革與國際化的措施正逐步展開。

■單字

①ランキング：＝ranking。排行榜

②筆頭（ひっとう）：名列第一的人、第一名

③数（かず）ある：爲數眾多的

④ランクイン：＝rank in（日製英語）。進入排行榜

News 61

「和紙」無形文化遺産に
和食に続き、ユネスコが登録決定

MP3 065

文化庁は28日、①ユネスコが「和紙　日本の②手漉和紙技術」の無形文化遺産への登録を決めたと発表した。

今回登録が決定したのは、国の重要無形文化財の「石州半紙」（島根県）と「本美濃紙」（岐阜県）、「細川紙」（埼玉県）の技術で、職人たちによる保存団体が伝統的な製法を守り伝えている。三紙とも、原料はクワ科の植物「③楮」の樹皮のみ、しかも美しい光沢の出る国産楮だけを用い、また中国で紙が発明された時からの「④溜め漉き」ではなく、日本固有の「⑤流し漉き」が用いられている。

丈夫で柔らかい和紙の特質だけでなく、「後継者の育成」「学校での体験事業」「楮の栽培促進」など、地域で保存活動が進められていることも、高く評価されたともいう。

無形文化遺産は「世界遺産」や「記憶遺産」と並ぶユネスコの遺産事業の一つで、芸能や祭り、伝統工芸技術や社会的慣習などが対象。日本からは「能楽」「歌舞伎」「京都祇園祭の山鉾行事」、そして昨年登録された「和食　日本人の伝統的な食文化」など22件に上る。

繼「和食」之後
聯合國教科文組織將「和紙」列入無形文化遺產

文化廳28日宣布：聯合國教科文組織已決定把「和紙　日本手漉和紙技術」列入無形文化遺產。

這次通過審核的包括日本國家重要無形文化財「石州半紙」（島根縣）和「本美濃紙」（岐阜縣）、「細川紙」（埼玉縣）的造紙技術，這些技術由製紙師傅組成保存團體，堅守並傳承傳統製法。這三種紙的原料都只用桑科植物「構樹」的樹皮，而且只選用會產生雅緻光澤的日本構樹，製紙方式也不是沿用中國發明製紙時的「溜漉」法，而是採用日本固有的「流漉」法。

據瞭解，和紙受到高度肯定，不只因為它質地柔韌的特色，也因為當地推行相關文化保存活動，例如「培育傳承者」、「在學校舉辦體驗活動」、「推廣種植構樹」等。

無形文化遺產和「世界遺產」、「世界記憶遺產」同樣屬於聯合國教科文組織的遺產保護項目，對象則是表演、祭典、傳統工藝技術與社會習俗等。日本已有22項列入無形文化遺產，包括「能樂」「歌舞伎」「京都祇園祭的山鉾活動」，還有去年登錄的「和食　日本人傳統飲食文化」。

■單字

①ユネスコ：UNESCO。聯合國教科文組織

②手漉き（てすき）：用手工抄製（紙）

③楮（こうぞ）：構樹，也稱楮樹、楮桑、紙木、鹿仔樹

④溜め漉き（ためずき）：用篩網抄起紙漿，自然滴水瀝去水分的製紙方式

⑤流し漉き（ながしずき）：在紙漿中加入植物黏液，反覆抄起紙漿後倒掉水分，在潮濕狀態下即可取下紙張

ハチ公と上野英三郎博士像　90年ぶりの再会

MP3 066

飼い主の死後、約10年間帰りを待った忠犬で知られる秋田犬のハチと、飼い主で東京帝国大学農学部教授の上野英三郎博士（1871～1925年）の銅像の除幕式が、ハチの死後80年となる3月8日、東京大学農学部キャンパスで行われました。

ハチはいつも博士を渋谷駅まで送り迎えしていましたが、ある日、博士が大学で脳溢血で倒れ急死。それを知ってか、ハチは数日間、何も①口にしなかったと言います。ところが、ハチはいつの頃からか、再び渋谷駅へ行っては博士を待ち続けるようになり、10年後の3月8日、渋谷駅近くで死んでいるのが発見されました。

農業土木、農業工学の創始者でもある上野博士は大学で教鞭を②ふるい、ハチを大切に育てていました。上野博士の没後90年にも当たる今年、東京大学農学部の③有志により約1000万円の寄付が集められ、新しいハチ公像が実現しました。

今回、銅像として④甦ったのは「天国では、こんな再会だったのかな？」と思わず想像してしまうような上野博士に⑤飛び付くハチの姿でした。

News 62

忠犬小八與上野英三郎博士銅像　90年後的重逢

知名的忠犬小八，在主人死後十年，還一直盼著主人歸來。牠和主人，也就是東京帝國大學農學部教授上野英三郎博士（1871～1925年）的銅像，在小八去世滿80年的3月8日這天舉行揭幕儀式，地點就在東京大學農學院校區。

小八以前每天都到澀谷車站接送上野博士，有一天，上野博士在學校因腦溢血倒下猝死，小八可能是知道了，據說好幾天什麼也不吃。後來不知道從什麼時候開始，牠又再到澀谷車站去，之後就一直等著上野博士，過了10年，在3月8日這天，被人發現死在澀谷車站附近。

上野博士也是日本農業土木、農業工程學的創始者，他在大學執教，對小八向來疼愛有加。今年也是上野博士逝世90周年，東京大學農學院師生集資約1000萬日圓，全新的小八銅像於焉誕生。

這回以銅像之姿重生的小八，牠飛撲向上野博士的模樣，讓人不由得想像：「這就是他們在天堂重逢的樣子吧」。

■單字

①口（くち）にしなかった：「口（くち）にする」在這裡指吃進嘴裡

②ふるい：「振（ふ）るう」指揮動、揮舞。「教鞭（きょうべん）を振（ふ）るう」指從事教職

③有志（ゆうし）：有共同想法、有志一同的人

④甦（よみがえ）った：「甦（よみがえ）る」指復活、重生

⑤飛（と）び付（つ）く：撲上去

台湾出身の作家・東山彰良氏の『流』が第153回直木賞に

MP3 067

7月16日、平成27年度上半期の『芥川賞・直木賞』が発表され、台湾出身の作家・東山彰良氏の『流』が第153回直木賞を受賞しました。

祖父の出身地・中国山東省から「東山」を、母親の出身地であり父親も暮らした彰化から「彰良」を取って①ペンネームにしたという東山彰良氏。本名は王震緒、台北生まれ日本育ちの台湾人作家です。

今回の受賞作『流』は、1970年代後半の台湾を舞台に、祖父の死の謎を追う少年を通して当時の台湾の②世相や文化、恋や友情、家族との③絆を描きつつ、大陸での戦争や国共内戦にも繋がっていく様々な要素を含む④スケールの大きな青春小説。選考会では⑤満票を獲得、選考委員から「20年に一回の傑作」と絶賛されたといいます。

直木賞は芥川賞と並び日本で最も有名な文学賞で、唯一、発表と共にNHKで速報が流れる文学賞です。芥川賞が芸術性・形式を重んじる「純文学」と呼ばれる小説を対象にするのに対し、直木賞は娯楽性・商業性を重んじる「大衆文学」と呼ばれる小説が対象です。

News 63

台灣旅日作家東山彰良作品《流》獲第153屆直木獎

7月16日，2015上半年度《芥川獎・直木獎》得主出爐，直木獎得主是台灣旅日作家東山彰良的小說《流》。

東山彰良是筆名，「東山」取自祖父的出生地中國山東省，「彰良」則是取自母親的家鄉，也是父親住過的彰化。他本名叫王震緒，是一位台灣作家，出生於台北，從小在日本長大。

這次得獎的作品《流》以1970年代後期的台灣為背景，透過一位探索祖父死亡之謎的少年，描繪當時台灣的社會百態與文化、愛情、友情、親情，並涉及在大陸的戰爭與國共內戰，包含許多元素，是一部恢宏磅礴的青春小說。它囊括了所有評審的票，有評審盛讚它是「20年一見的傑作」。

直木獎與芥川獎齊名，是日本最知名的文學獎，也是唯一一個一公布得主，NHK就會以快報加以報導的文學獎。芥川獎獎勵的對象是偏重藝術與形式的「純文學」小說，而直木獎則是偏重娛樂與商業的「大眾文學」小說。

■單字

①ペンネーム：＝pen name。筆名

②世相（せそう）：世態、社會情況

③絆（きずな）：將人與人緊緊綁在一起的紐帶

④スケール：＝scale。規模

⑤満票（まんぴょう）：全部的票數

ジャンル4

科　学

NASA発表　「①太陽風」直撃で 200兆円の損失の危機　②間一髪で回避

MP3 069

2年前、太陽から強力な太陽風が放出され、地球を③かすめた。もし地球を直撃していれば、「全世界が被る経済的損失は2兆ドル（約200兆円）に及び、現代文明を18世紀に後退させる」ほど威力があったと米航空宇宙局（NASA）が発表した。

NASAによると、2012年7月23日に発生した太陽風は、過去150年間で最も強力なもので、地球がその1週間前に通過した軌道を噴き抜けたという。つまり、仮に放出が1週間早ければ地球を直撃していたということらしい。

万一、直撃されていれば、電力網と通信網は地球規模で壊滅的な④ダメージを受け、スマートフォン、パソコンなどの電子機器や電子データも破壊されたかもしれない。「⑤とてつもない幸運で難を逃れた」とNASAはコメントしている。

微量磁石を体内に持つ人間自身や動物も大きな影響を受けるともいう太陽風だが、ある物理学者は、今後10年以内に同規模の強力な太陽風が地球を直撃する確率は12%だと分析している。

NASA公布　地球險遭「太陽風」擊中　驚險躲過200兆日圓損失危機

美國太空總署（NASA）發表聲明指出：2年前太陽曾噴射出強大的太陽風，差一點就射到地球。假設擊中地球，它的威力會讓「全世界蒙受高達2兆美元（約200兆日圓）的經濟損失，把現代文明打回18世紀」。

NASA表示，2012年7月23日出現的太陽風，是150年來威力最大的，它射到地球1星期前通過的軌道。也就是說，如果噴射的時間提早1個禮拜，就會射中地球了。

萬一它射中地球，全球的供電和通訊網路都會受到毀滅性的損害，智慧手機、電腦等電子產品、電子資料也會毀損。NASA評論表示：「能躲過這一劫，眞是天大幸運。」

太陽風對體內帶有微量磁鐵的人類和動物也會產生重大影響。有物理學者分析指出：未來10年內，同樣規模的巨大太陽風射中地球，這種事發生的機率有12%。

■單字

①太陽風（たいようふう）：由太陽表面吹出來的高速電漿流

②間一髪（かんいっぱつ）：一根頭髮的間距，指毫釐之差、只差一點點的驚險距離

③かすめた：「かすめる」指從旁邊掠過

④ダメージ：＝damage。損害

⑤とてつもない：超乎常軌的、非比尋常的

拡大を見せるエボラ出血熱 富士フィルムの薬の治療効果に期待

MP3 070

西アフリカで①エボラ出血熱が猛威を振るっており、感染者は3707人、死者は1848人に達し（8月31日現在）、過去最大の流行となっている。外国人医師などにも感染は広がっており、日本企業の中にも該当地域への出張を②自粛したり、JICA（国際協力機構）も現地の日本人を撤退させるなどしている。

エボラ出血熱は、血液や体液に触れることで感染し、SARSやインフルエンザほどの感染力は無いものの、その致死率は非常に高く、最大で90%に達するとされる。

そんな中、8月12日、WHOが③未承認薬使用を容認する方針を出し、米国防総省が④富士フィルムホールディングス傘下の富山化学工業が開発したインフルエンザ薬「ファビピラビル」の実用化の意向を表明した。

既にこれまでインフルエンザ治療薬として米国で治験が重ねられており、現在は⑤治験の最終段階にあるとのこと。承認されれば、エボラ出血熱の感染者治療で米当局が承認する初の医薬品となる。

News 65

伊波拉疫情擴大　富士軟片新藥可望成救星

伊波拉疫情在西非蔓延，規模之大，前所未見，已有3707人感染，1848人死亡（8月31日統計）。疫情波及外籍醫師，越演越烈，有些日本企業已暫停前往該地區，JICA（Japan International Cooperation Agency，日本國際協力機構）也正在撤離派駐當地的日本人。

伊波拉病毒出血熱是經由接觸血液或體液感染，感染力不如SARS和流感，但致死率極高，最高可達90%。

在這樣的情況下，世界衛生組織WHO於8月12日宣布同意使用實驗用藥，美國國防部表示富士軟片控股旗下的富山化學工業開發出一種抗流感藥物「Favipiravir」，可望核准上市。

據說這個藥本來是用來治療流感，已在美國進行多次臨床試驗，現在是臨床試驗的最後階段。如果核准上市，將成爲第一個美國核准用來治療伊波拉病毒出血熱的藥品。

■單字

①エボラ出血熱（しゅっけつねつ）：伊波拉病毒出血熱（Ebola Hemorrhagic Fever）

②自粛（じしゅく）：自我約束（不～）

③未承認薬（みしょうにんやく）：尚未獲准上市的藥品

④富士（ふじ）フィルムホールディングス：FUJIFILM Holdings corp。富士軟片控股公司

⑤治験（ちけん）：「治療試験（ちりょうしけん）」的簡稱。臨床試驗

小惑星探査機「はやぶさ２」打ち上げ成功

MP3 071

鹿児島県種子島宇宙センターから12月3日午後1時22分、小惑星探査機「はやぶさ２」を搭載したH2Aロケット26号機が打ち上げられ、6年間の宇宙の旅に出た。

世界で初めて小惑星からの①サンプルリターン（試料回収）を果たした「はやぶさ」に続く探査機「はやぶさ２」。

②宇宙航空研究開発機構（JAXA）によるプロジェクトで、「はやぶさ2」は地球から約3億キロ離れた小惑星「1999JU3」を目指す。水や有機物を含む岩石があるとみられ、宇宙放射線などに晒されていない太陽系形成当時のままの物質を岩盤内部から採取して持ち帰る計画。

前回の「はやぶさ」は、小惑星③イトカワから採取した微粒子の入ったカプセルを④携えて2010年に帰還。度重なるトラブルを乗り越えての帰還に、日本中に感動が巻き起こり社会現象にまでなった。

今回の「はやぶさ2」は2018年半ばに小惑星に到達。約1年半この小惑星に留まり、採取や調査を行なう。2020年後半に予定される帰還に向けて、日本中の期待が集まり始めている。

小行星探測器「隼鳥2號」發射成功

搭載小行星探測器「隼鳥2號」的H2A火箭26號機，12月3日下午1點22分自鹿兒島縣種子島宇宙中心順利升空，展開6年的宇宙之旅。

「隼鳥號」是世界第一架從小行星採樣帶回地球的探測器，而「隼鳥2號」是它的接班人。

在宇宙航空研究開發機構（JAXA）的這項計劃中，「隼鳥2號」的目的地是距地球約3億公里的小行星「1999JU3」。根據研究，這個小行星上可能存在含有水及有機物的岩石。「隼鳥2號」計劃自岩盤內部採樣攜回未受到宇宙輻射照射，保留太陽系形成時狀態的物質。

上次「隼鳥號」帶著密封容器，裡頭裝著從Itokawa小行星採集的微粒，於2010年返回地球。它突破重重困難的返鄉故事，深深感動了全日本的人，甚至演變成一種社會現象。

這次的「隼鳥2號」將於2018年中抵達小行星，在上面停留約1年半的時間，進行採樣與調查，並於2020年下半年返回地球，全日本都在殷殷期盼它的歸來。

■單字

①サンプルリターン：＝sample return。取樣攜回

②宇宙航空研究開発機構（うちゅうこうくうけんきゅうかいはつきこう）（JAXA）：宇宙航空研究開發機構。JAXA是Japan Aerospace Exploration Agency的縮寫。

③イトカワ：1988年9月美國林肯實驗室發現的一個小行星，2003年命名爲イトカワ（ITOKAWA），以紀念日本的火箭科學之父系川英夫（いとかわひでお）博士

④携えて（たずさえて）：「携える（たずさえる）」指攜帶、帶著

2014年ノーベル賞授賞式開催
日本人3氏に金メダルが授与

MP3 072

2014年のノーベル賞授賞式が12月10日（日本時間11日）、①ストックホルムで開かれ、物理学賞では、赤崎勇・名城大終身教授（85）、天野浩・名古屋大教授（54）、中村修二・米カリフォルニア大教授（60）の3人に金メダルが授与された。

受賞理由は、明るくエネルギー節約効果の高い照明を実現する青色発光②ダイオード（LED）の発明。電力③インフラが無い場所でも、子供が夜学べる明かりを届けたと評価され、授賞式でも「青色LEDの発明は、人類への恩恵を重視したノーベルの遺志に④添う」と紹介された。基礎研究から実用化まで全て日本人が成し遂げたことで、３氏⑤揃っての受賞となった。

授賞式後、中村氏は笑顔で「やっと終わったな」、天野氏はホッとした様子で「めちゃめちゃ緊張した」、赤崎氏は振り返るように「長い道程でした」とそれぞれ語った。

日本人の受賞は、2012年医学生理学賞の山中伸弥・京都大教授から2年ぶりで計22人、物理学部門では2008年の南部陽一郎氏に続き10人目。

2014年諾貝爾獎頒獎　日本3人獲頒金牌

2014年的諾貝爾獎頒獎典禮12月10日（日本時間11日）在斯德哥爾摩舉行，物理學獎由名城大學終身教授赤崎勇（85歲）、名古屋大學教授天野浩（54歲）、美國加州大學教授中村修二（60歲）三人共同獲獎。

三人得獎的理由，是他們發明了高亮度又有高度節能效果的藍色發光二極體（LED），尤其是在沒有供電的地方，也能提供照明讓孩子晚上學習，特別受到肯定。在頒獎典禮上，主持人也介紹說「藍色LED的發明，符合諾貝爾重視對人類貢獻的遺志」。因爲從基礎研究到實用化全都出自日本人之手，所以3人一起獲獎。

頒獎典禮結束後，中村修二笑著說「總算結束了」；天野浩則是鬆了一口氣說「超緊張的」；赤崎勇回顧過去，表示「眞是一條漫漫長路」。

繼2012年京都大學教授山中伸彌獲頒醫學生理學獎之後，睽違2年，再次出現諾貝爾獎的日本得主，至今累計有22人，物理學獎則是繼2008年南部陽一郎之後的第10人。

■單字

①ストックホルム：＝Stockholm。斯德哥爾摩，瑞典首都

②ダイオード：二極體、二極管

③インフラ：基礎建設。「インフラストラクチャー」（infrastructure）的縮略形

④添（そ）う：遵循、依照

⑤揃（そろ）って：「揃（そろ）う」指相同、同樣

超電導リニア、鉄道史上初の時速600キロ突破 世界記録更新

MP3 073

JR東海は4月21日、山梨リニア実験線で超電導①リニアモーターカーの高速域走行試験を実施。10時48分に最高速度603km/hを記録し、有人②走行での鉄道世界最高速度を更新しました。

これ③に先立つ16日に、時速590kmでの有人走行を実施、2003年12月に同社が記録した時速581kmを更新していましたが、今回、その僅か5日後に記録を④塗り替え、遂に時速600kmの大台に乗せました。JR東海では、ギネス世界記録の認定を申請するということです。

今回のような高速走行は、速度が注目されますが、最大の目的は「安全」「安定」。営業速度より時速100kmも速く走るのは、設備設計に必要なデータの取得が目的。2027年からの営業運転はあくまで最高速度505km。また、JR東海が定期的に開催している⑤一般向け試乗会で体験できるのも時速500kmまで。時速600km超の世界は体験できないということです。

リニア中央新幹線は今年度から品川、名古屋駅などで本格的な建設工事が始まります。

News 68

超導磁浮列車刷新全球鐵路史紀錄 時速飆破600公里

JR東海（東海旅客鐵路公司）4月21日在山梨磁浮實驗線進行超導磁浮列車的高速區試車，10點48分時達到最高速度603km/h，刷新了載人行駛列車的世界紀錄。

在這之前，16日就有時速590公里的載人行駛紀錄，刷新了JR東海2003年12月時創下的新紀錄581公里，這次才時隔短短5天，又再度刷新紀錄，衝上600公里大關。JR東海表示準備向金氏世界紀錄申請認證。

像這次這樣的高速行駛，速度固然備受注目，但其實最大的目的是要測試「安全」和「穩定」。以超過營運速度100公里的高速來行駛，是爲了取得設備設計所需的數據。2027年通車後，最高營運速度是505公里，JR東海定期舉辦的公開試乘活動，能體驗的時速也頂多是500公里，也就是說，時速超過600公里的境界，一般人是無法體驗到的。

磁浮中央新幹線今年起將在品川、名古屋站等地正式開始施工。

■單字

①リニアモーターカー：＝linear motor car。線性馬達驅動的超導磁浮列車

②走行（そうこう）：行駛

③～に先立（さきだ）つ：（指時間上的順序）在～之前。

④塗（ぬ）り替（か）え：「塗（ぬ）り替（か）える」指重新粉刷，也指刷新（記錄）

⑤一般向（いっぱんむ）け：以一般民眾爲對象

①アトピーにはキスが効果的？イグ・ノーベル賞に9年連続で日本人

MP3 074

9月17日、ユーモアにあふれた科学研究などに贈られる「②イグ・ノーベル賞」の授賞式が、アメリカのハーバード大学で開かれ、医学賞に大阪府のクリニック院長、木俣肇さん（62）が選ばれました。

受賞理由は、「情熱的なキスの生物医学的な利益あるいは影響を研究するための実験」。アトピー性皮膚炎や③アレルギー性鼻炎の患者と④健常者それぞれ30人ずつ計90人に対し、それぞれの恋人やパートナーと静かな音楽の流れる個室で30分間、自由にキスをしてもらい、キスの前後でダニやスギ花粉への皮膚のアレルギー反応を調べると改善傾向がみられたが、2週間後、同じカップルにキスをせずに部屋で30分抱き合ってもらったところ、効果は確認されなかった…というもので、「キスをすることで皮膚のアレルギー反応が低減する」と実証したものです。

木俣さんは、「人間が本来持っている自然治癒力ともいうべき豊かな感情を大いに利用して、アレルギー反応を減弱させてほしい」とのコメントを発表しました。

日本人のイグ・ノーベル賞受賞はこれで9年連続となります。

News 69

親吻改善異位性皮膚炎？
日本連續9年獲頒搞笑諾貝爾獎

頒獎給幽默科學研究的「搞笑諾貝爾獎」9月17日在美國哈佛大學舉行頒獎典禮，醫學獎得主是大阪府一家診所的院長木俣肇醫師（62歲）。

他得獎的理由是「爲研究熱吻對生物醫學的功效與影響所做的實驗」。他找90個人來做實驗：異位性皮膚炎、過敏性鼻炎的病患和健康的人各30人，請他們在包廂裡聽著輕柔的音樂，跟情人或另一半盡情親吻30分鐘，測量親吻前後對塵蟎和杉樹花粉的反應，發現有改善的傾向。2週後再請同一對在房間裡相擁30分鐘，不親吻，結果沒有明確的效果，以此證明「親吻可減緩皮膚過敏症狀」。

木俣醫師發表見解說：「豐沛的情感可說是人類本來具有的自然療癒能力，希望大家能多加利用，以減緩過敏反應」。

加上這次，日本已連續9年都有人獲頒搞笑諾貝爾獎。

■單字

①アトピー：＝atopy。也指「アトピー性皮膚炎」〈異位性皮膚炎〉的簡稱

②イグ・ノーベル賞（しょう）：＝Ig Nobel Prize。搞笑諾貝爾獎

③アレルギー：＝allergie（德語）。過敏症

④健常者（けんじょうしゃ）：指身心沒有障礙或疾病的人

2015年ノーベル賞に日本人2人 物理学賞と生物学医学賞で

MP3 075

2015年のノーベル賞受賞者が決まり、10月5日に生理学・医学賞に大村智・北里大学特別栄誉教授が、6日には物理学賞に梶田隆章・東京大学宇宙線研究所所長が受賞したことがそれぞれ発表されました。

大村氏の受賞理由は寄生虫病の治療薬『①イベルメクチン』の開発が評価されたこと。この薬は、これまでにアフリカや中南米、東南アジアで10億人もの人々を寄生虫病から救って来ています。一方、梶田氏は物質の最小単位である②素粒子③ニュートリノに重さ（質量）があることを初めて確認したことで、人類がそれ以前に観測してきた物理現象から組み立てた「④標準理論」（この世界の自然法則を説明する理論）に、不完全な部分があることを明らかにしたのです。

記者会見で、大村氏は「科学者は人のためにやることが大事」、梶田氏は「この研究は何かすぐ役に立つものではないが、人類の知の地平線を拡大するようなもの」とそれぞれ語りました。

日本のノーベル賞受賞者は合計24人（日本国籍所有時の研究成果で受賞した人も含む。自然科学分野では21人）となりました。

2015年諾貝爾獎日本2人獲獎 物理學獎和生物醫學獎

2015年諾貝爾獎得主出爐，10月5日公布生理學・醫學獎得主是北里大學特別榮譽教授大村智，6日公布物理學獎得主是東京大學宇宙射線研究所所長梶田隆章。

大村智得獎，是因爲他研發治療寄生蟲疾病藥物「伊維菌素」而受到肯定。這個藥已經在非洲及中南美、東南亞救治了10億個感染寄生蟲的病人。梶田隆章則是因爲他首度證實了微中子有重量（質量），顯示過去由人類觀測物理現象所建立的「標準模型」理論（闡釋這個世界自然法則的理論）有所缺失。

在記者會上，兩人分別發表感言，大村智說「研究科學的人，重要的是要爲人類而做研究」，梶田隆章則說「這不是當下就有用處的研究，但應可拓展人類知識的疆界」。

如此一來，日本的諾貝爾獎得主總共就有24人了（包括發現獲獎研究成果時，國籍爲日本的人。自然科學領域有21人）。

■單字

①イベルメクチン：＝Ivermectin。伊維菌素

②素粒子（そりゅうし）：基本粒子。粒子物理學中指組成物質最基本的基本單位

③ニュートリノ：neutrino。微中子、中微子。一種基本粒子

④標準理論（ひょうじゅんりろん）：粒子物理學中的標準模式（Standard Model），描述基本粒子及其作用力

ジャンル5

スポーツ

アベノミクス　プロ野球16球団構想

MP3 077

5月26日、自民党が「プロ野球16球団」構想を提言、安倍首相もこれに賛成。政府が6月に発表する①アベノミクス成長戦略に、プロ野球の球団数を現在の12から16に増やすことが②盛り込まれる見通しとなった。提言は米国の成功例を③引き合いに、「地域意識を高揚させ、大きな経済効果を生み出しうる」と指摘。静岡県、④北信越、四国、沖縄県など球団が無い地域を想定、政府に支援策などの検討を求めている。

現在、プロ野球人気はかつてほど無く、テレビ中継も激減し、収益が減少している。黒字経営が確実なのは巨人と阪神のみである。また、⑤トッププレーヤーはアメリカに流出し試合のレベルも下がりつつある。更に、良い選手を獲得しチームを強化していくには潤沢な財政基盤を持った企業でなければ難しいのが現実だ。

プロ野球市場の再興と拡大に繋がるとプロ野球ファンには喜ばしいアイデアだが、実際には、球団経営の難しさを挙げる声が大きく、政治家の一時の話題作りだと否定的な意見も少なくない。

News 71

安倍經濟學新構想　職棒增爲16隊

自民黨5月26日提出「職棒16隊」的構想，安倍首相也表示贊成。預料政府6月發表的安倍經濟學成長戰略中，會列入職棒球隊由目前12隊增爲16隊的計劃。這個提案援引美國的成功案例作說明，主張「可提高地方認同意識，產生巨大的經濟效果」，設想的地點爲靜岡縣、北信越、四國、沖繩縣等沒有球隊的地區，並要求政府研擬支援方案。

現在職棒的人氣是前所未有的低迷，電視轉播也銳減，獲利變少，確定有盈餘的只有巨人和阪神。而且頂尖選手流向美國，比賽的水準也日漸低落。再進一步就現實面來看，除非是財力充裕的企業，否則很難網羅優秀的選手，強化隊伍實力。

由於涉及重振並拓展職棒市場，對職棒迷來說不啻是個福音，但實際上很多人都看到了球隊經營艱困的問題。也有不少人持負面看法，認爲這只是政治家在炒話題。

■單字

①アベノミクス：安倍（あべ）＋エコノミックス（economics，經濟學）。安倍經濟學，安倍晉三經濟政策的統稱

②盛（も）り込（こ）まれる：「盛（も）り込（こ）む」指加進去（計畫、內容中）

③引（ひ）き合（あ）い：（拿來比較、參考的）例證

④北信越（ほくしんえつ）：指北陸3縣（富山縣、石川縣、福井縣）和信越地方（長野縣、新潟縣）

⑤トッププレーヤー：＝top player。第一流的選手。「プレーヤー」指表演者或參加比賽的運動員

日本野球史上最長試合　4日間延長50回
全国高校軟式野球選手権大会で

MP3 078

兵庫県明石市で開かれた全国高校①軟式野球選手権大会の準決勝で、岐阜・中京高校と広島・崇徳高校が4日間、延長50回にわたり試合を②繰り広げた。これは、延長は15回で③打ち切り翌日にその続きを行うとする軟式高校野球のルールによる結果。

試合は8月28日に始まり31日に中京高校が勝利、直後に行われた決勝戦でも中京高校が勝ち、優勝を果たした。両校とも健闘を④称えられ、日頃は硬式高校野球（甲子園大会）の影に隠れがちな軟式野球に全国的な関心が集まることとなった。

今回、両チームは前日の準々決勝から一人の投手が一日の休養日もなく投げ続け、中京高校の投手に到っては、決勝戦でも途中から⑤登板し、約1000球を投げ切った。現在、プロ野球でさえ怪我や肩の故障を防ぐ為に球数制限をし登板間隔を数日空けているにもかかわらず、日程の都合を優先して高校生に無理を強いる高野連（日本高等学校野球連盟）の姿勢に非難の声も上がっている。

News 72

日本棒球史上最長比賽
全國高中軟式棒球錦標賽　4天延長50局

兵庫縣明石市舉辦全國高中軟式棒球錦標賽，在準決賽中，岐阜的中京高中和廣島的崇德高中展開長達4日，延長50局的纏鬥，因為軟式高中棒球規定：延長賽15局就得喊停，待隔日再戰。

比賽從8月28日一直打到31日中京高中獲勝，在緊接而來的決賽中，中京高中再度勝出，最後奪得冠軍。兩校奮戰不懈的精神贏得大家的讚揚，向來容易被硬式高中棒球（甲子園大賽）光芒掩蓋的軟式棒球，這回成了全國注目的焦點。

這次兩隊的投手都是從前一天的八強賽就一直連投，連一天都沒有休息，中京高中的投手甚至在決賽時也中途上場，總計投了大約1000球。日本高中棒球聯盟的做法引來許多人的非議，因為現在連職棒都為了避免投手受傷或肩膀損傷，限制投球數量，並規定需隔幾天才能上場，但日本高中棒球聯盟卻以賽程為優先，讓高中生勉強出賽。

■單字

①軟式野球（なんしきやきゅう）：軟式棒球。始於日本大正時期，除了使用橡膠製的軟球之外，比賽規則與一般棒球無異

②繰り広げた（くりひろげた）：「繰り広げる（くりひろげる）」指展開（一連串的情景、活動）

③打ち切り（うちきり）：腰斬、中途喊停

④称えられ（たたえられ）：「称える（たたえる）」指誇獎、稱讚

⑤登板（とうばん）：棒球投手站上投手丘，即投手上場

錦織圭、①全米オープンテニス日本人初の準優勝

MP3 079

日本人テニス選手・錦織圭（24歳）が、9月8日（日本時間9日）、②世界四大大会の一つ、全米オープン男子シングルス決勝で準優勝を果たした。四大大会シングルスでの日本人過去最高成績はベスト4。錦織の準優勝は、1933年ウインブルドンでの佐藤次郎氏、1918年全米オープンでの熊谷一弥氏の成績を越える③快挙となった。

5歳でテニスを始めて以来、国内外で目覚しい成績を挙げ続けて来た錦織。欧米選手に比べ小柄だが、天性の能力と負けず嫌い、最後まで諦めない精神力が強さの秘密。それに加え、今年から全仏オープンでの優勝経験もある④マイケル・チャン氏（台湾系アメリカ人）がコーチについたことで、肉体面精神面が更に強くなったとも言われる。

錦織は「勝てない相手はもういないと思う」、「またこの舞台に戻って来たい」とも語り、チャンコーチも「この敗戦から学んで、次回はもっと良い成績を出したい」と語る。共に小柄ながら強気で世界の頂点を目指すこの二人の今後に注目が集まっている。

News 73

錦織圭抱美網亞軍　日本第一人

日本網球選手錦織圭（24歲）9月8日（日本時間9日）在全球四大網球公開賽之一的美國網球公開賽中，打進男子單打決賽，獲得亞軍。在網球四大公開賽中的單打項目，日本以前最高紀錄是打進4強。錦織圭勇奪亞軍，是一個令人振奮的消息，他不僅勝過1933年佐藤次郎在溫布敦的表現，也超越了1918年熊谷一彌在全美公開賽的成績。

錦織圭從5歲開始打網球，之後就一直不斷在國內外締造亮眼的成績。他的個頭不如歐美選手高大，實力強大的秘訣在於天賦和不服輸、奮戰到底的精神。再加上曾經在法國網球公開賽奪冠的張德培（台裔美籍）今年開始擔任他的教練，據說讓他在體力和精神方面都更上一層樓。

錦織圭發下豪語：「我覺得我已經可以打贏所有的人」「希望能再重返這個舞台」。教練張德培也表示：「我們從這次的敗仗學習改進，希望下次能有更好的成績」。這對個頭小志氣高，一起以世界最高點爲目標的搭檔，大家都非常關注他們今後的表現。

■單字

①全米（ぜんべい）オープンテニス：美國網球公開賽

②世界四大大会（せかいよんだいたいかい）：四大網球公開賽，指澳洲網球公開賽、法國網球公開賽、溫布敦網球公開賽、美國網球公開賽

③快挙（かいきょ）：令人拍手稱快的壯舉

④マイケル・チャン：Michael Te-Pei Chang。張德培

大相撲　白鵬が歴代最多33回目の優勝
“横綱”の重みで達成した偉業

MP3 080

1月13日、大相撲①初場所で横綱・白鵬（29）が歴代力士最多の33回目の優勝を決め、44年ぶりに記録を②塗り替える偉業を達成しました。

モンゴル出身の白鵬は、2000年に15歳で来日。2001年に初土俵、2007年に22歳で横綱に昇進。以来、一度も休むことなく出場し成績を挙げて来ました。

現在、白鵬を③筆頭に二十数カ国の外国人力士が在籍する相撲界。国際化しながらも、相撲が神事に由来する以上、日本的精神性が要求される世界でもあります。白鵬は「東日本大震災の被災地を訪問し、土俵入り（力士が土俵上で行なう儀式）をした際、手を合わせて拝む人々を見て、横綱の意味を考え直させられた」と語っています。

既に15年近く、日本人横綱がいない状況を嘆く相撲ファンの声は少なくありません。しかし、絶対的な力量と同時に全力士を代表する品格も要求される“横綱”を堂々と務める白鵬には、これまでも“横綱らしい横綱”という評価が多かったのも事実。“平成”を代表する大横綱への期待は更に高まるでしょう。

News 74

大相撲　白鵬33度優勝創歷史新高
背負「橫綱」重任達成偉業

橫綱白鵬（29歲）1月13日在大相撲年度首場賽事中勇奪第33次優勝，刷新了44年來歷代力士的紀錄。

白鵬出生於蒙古，在2000年15歲那年來到日本。2001年第一次出賽，2007年22歲時晉級橫綱，之後就毫不間斷地參加比賽，屢創佳績。

目前相撲界以白鵬為首，共有來自二十多國的外籍力士。在國際化的同時，起源於祭神儀式的相撲，也非常注重日本精神。白鵬就曾說過：「我訪問311災區，進行上場儀式（力士在土俵上所做的一種儀式）時，看到大家合掌祭拜，讓我不由得重新思考橫綱的意義」。

很多相撲迷都感嘆已經近15年沒有日籍橫綱了，但不可否認的，向來也有很多人對白鵬表示肯定，認為他把必須力大無比又能代表所有力士品格的橫綱一職做得很好，「有橫綱該有的樣子」。相信一定會有越來越多人期許他成為代表「平成」年代的大橫綱。

■單字

①初場所（はつばしょ）：每年1月舉行的相撲大賽

②塗り替える（ぬりかえる）：重新粉刷、改寫

③筆頭（ひっとう）：排名第一

東京マラソン　厳戒態勢の中、混乱なく終了

MP3 081

今年で9年目となる東京マラソンが2月22日開催され、約3万6000人が東京都心を①駆け抜けました。

今回は、ボストンマラソンでの爆弾テロ事件、イスラム過激派組織ISによる日本人人質事件などを②踏まえ、従来にない厳戒態勢の下での開催となりました。

ペットボトルなどは簡単な改造で液体爆弾となり、テロに使われた③経緯があることから、液体物の持ち込みが制限され、ペットボトル、水筒などは禁止。持ち込めるのは総量400ml以下の未開封の紙パックやゼリー飲料のみでした。給水所に紙コップに入った飲み物があるものの、一般④ランナーからは「気持ちよく走れない」と不満も出ていました。

しかし、安全を最重視した今大会、警備は1万人を超え、小型カメラを頭に付けてランナーたちと一緒に走る「ランニングポリス」の導入、金属探知機や防犯カメラの増設などが⑤功を奏し、大きな混乱も無く無事に終了。終わってみれば、「安心して走れた」といったランナーの声が多かったようです。

東京馬拉松　重重戒備下平安落幕

今年第9屆的東京馬拉松於2月22日舉行，有大約3萬6千人從東京市中心這一頭跑到另一頭。

有鑑於之前波士頓馬拉松的恐怖爆炸攻擊，以及伊斯蘭激進組織IS綁架日本人質事件，這次活動戒備之森嚴前所未見。

寶特瓶之類的瓶子，簡單改造就能做成液體炸彈，以前曾被用來進行恐怖攻擊，所以這次對於攜帶液體入場加以限制，寶特瓶和水壺都不能帶。能帶進場的只有總量400cc以下、未開封的鋁箔包和果凍飲料。雖然補給站提供了紙杯裝的飲料，但還是有些一般跑者抱怨「跑得不暢快」。

但這次大會最重視的是維安，出動了一萬多人戒備，還有頭戴小型攝影機的Running Police陪跑，又增設金屬感應器、監視攝影機，這些措施發揮了功效，讓整個活動沒有出現什麼亂象，最後平安落幕。結束後，大部分的跑者都表示「跑起來放心多了」。

■單字

①駆け抜けました：「駆け抜ける」指跑著通過（某處）

②踏まえ：「～を踏まえる」本指踏、踩，這裡指把～納入考量，或是以～爲前提進行思考

③経緯：經過、原委、內情

④ランナー：＝runner。（參加的）跑者

⑤功を奏し：「功を奏する」指奏效、發揮功效

ラグビー日本代表　W杯24年ぶりの勝利
南アから大金星

MP3 082

9月19日（日本時間20日）、①ラグビー・ワールドカップのイングランド大会、日本代表は②1次リーグB組初戦で、南アフリカを大③接戦の末、終了間際の逆転④トライで34-32で破り、1991年イングランド大会以来24年ぶりに勝利を挙げました。南アフリカは世界ランキング3位、過去の大会で2度優勝し、今回も優勝候補。英国メディアは、日本の勝利を「W杯史上最大の衝撃」「世界のラグビー史上に残る大⑤金星」などと異例の大きな扱いで報じました。

⑥ヘッドコーチのエディー・ジョーンズ氏は、かつてオーストラリアを準優勝に導いたこともある名将。母親と妻が日本人、初めてプロコーチを引き受けたのも日本の大学と、日本との縁は深く、日本人を熟知した外国人監督だと言われています。就任以来、ジョーンズ氏が口にし続けたのは「ジャパンウエー（日本流）」の確立。「侍の目、忍者の体」を持つことが全員に要求され、その為の「世界一ハードな練習」が続けられました。日本出発前にジョーンズ氏が話した「世界を驚かせる」という言葉が実現しました。

News 76

世界盃橄欖球賽　日本擊敗南非 贏得睽違24年的大勝利

9月19日（日本時間20日）的世界盃橄欖球賽英格蘭賽場，日本隊在第一輪的B組預賽中，和南非隊展開激烈的拉鋸戰，在終場前靠著一記達陣，以34比32逆轉勝，成功締造自1991年英格蘭賽場以來，睽違24年的勝利。南非隊排名世界第3強，在世界盃中曾兩度奪冠，這次也是奪冠的熱門隊伍。英國媒體罕見地大篇幅報導日本隊的獲勝，說這是「世界盃有史以來最大震撼」、「世界盃史上名留千古的偉大勝利」。

總教練艾迪・瓊斯（Eddie Jones）是曾帶領澳洲隊拿下亞軍的名將。他的母親和妻子都是日本人，他第一次擔任專職教練也是在日本的大學，和日本緣分深厚，大家都說他是一位非常瞭解日本人的外籍總教練。瓊斯上任之後一直強調要確立「Japan Way（日本的方式）」，要求全體隊員要有「武士的眼睛、忍者的身體」，爲此不斷進行「世界最高強度的練習」。瓊斯在日本臨行前說過「我們要震驚全世界」，這句話眞的兌現了。

■單字

①ラグビー：＝rugby。（英式）橄欖球

②1次リーグ：這裡指分組預賽

せつせん
③接戦：雙方勢均力敵，難分勝負的拉鋸戰

④トライ：＝try。（橄欖球賽）觸地得分、達陣

きんぼし
⑤金星：原指平幕力士戰勝橫綱的得勝記號，引申爲了不起的戰績

⑥ヘッドコーチ：＝head coach。總教練

著者介紹

須永 賢一（すなが　けんいち）

出身地：群馬県

學歷：

日本東京・立教大学社会学部卒業

經歷：

台北科技大學推廣教育中心　日語班講師

文化大學推廣教育部　日語班講師

松山社區大學　日語班講師

佛光山人間大學台北分校　日語班講師

作品：

臨時需要的一句話：日語會話辭典4000句

譯者介紹

林彥伶

學歷：

東吳大學日本語文學系碩士

日本愛知學院大學文學研究科博士

經歷（現任）：

明道大學應用日語學系專任助理教授

翻譯作品：

快樂聽學新聞日語（鴻儒堂出版社，2013）

現今社會　看漫畫學日語會話（鴻儒堂出版社，2015）

快樂聽學新聞日語2（鴻儒堂出版社，2016）

國家圖書館出版品預行編目資料

快樂聽學新聞日語. 3 / 須永賢一著 ; 林彥伶譯.
— 初版. — 臺北市 : 鴻儒堂, 民106.08
面 ; 公分
ISBN 978-986-6230-31-8(平裝附光碟片)

1.日語 2.新聞 3.讀本

803.18 106009160

聞いて学ぼう！ニュースの日本語3

快樂聽學新聞日語3

附mp3 CD一片，定價：350元

2017年（民106年） 8月初版一刷

本出版社經行政院新聞局核准登記

登記證字號：局版臺業字1292號

著　　者：須永賢一

譯　　者：林彥伶

封面設計：吳倢瑩

發 行 所：鴻儒堂出版社

發 行 人：黃成業

地　　址：台北市懷寧街8巷7號

電　　話：02-2311-3823

傳　　眞：02-2361-2334

門　　市：台北市博愛路9號5樓之1

郵政劃撥：01553001

E-mail：hjt903@ms25.hinet.net

鴻儒堂出版社設有網頁，歡迎多加利用

網址：http://www.hjtbook.com.tw